随笔话民政

QUIBI HUA MINZHENG

□ 曹南文 著

黄河出版传媒集团
宁夏人民出版社

图书在版编目（CIP）数据

随笔话民政 / 曹南文著. -- 银川：宁夏人民出版社，2021.11
ISBN 978-7-227-07542-4

Ⅰ. ①随… Ⅱ. ①曹… Ⅲ. ①散文集-中国-当代 Ⅳ. ①I267

中国版本图书馆CIP数据核字（2021）第248246号

随笔话民政

曹南文 著

责任编辑	管世献
责任校对	陈 晶
封面设计	蓓 蕾
责任印制	马 丽

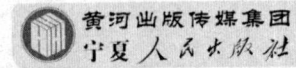

黄河出版传媒集团
宁夏人民出版社 出版发行

出版人　薛文斌
地　址　宁夏银川市北京东路139号出版大厦（750001）
网　址　http://www.yrpubm.com
网上书店　http://www.hh-book.com
电子信箱　nxrmcbs@126.com
邮购电话　0951-5052104　5052106
经　销　全国新华书店
印刷装订　成都新恒川印务有限公司
印刷委托书号　（宁）0022117

开本　880 mm×1230 mm　1/32
印张　6.5
字数　105千字
版次　2021年11月第1版
印次　2021年11月第1次印刷
书号　ISBN 978-7-227-07542-4
定价　48.00元

版权所有　侵权必究

祝文采飞扬

王跃文

2019.12.10

题词：王跃文，湖南省文联主席

赠南文同志

春着军装秋夏衣，此志初心不改弦。哪管道路有艰险，纵马擎旗永向前。

瞿柳彬 壬午年书

题词：瞿龙彬，时任郴州市人大常委会副主任

随笔话民政,
　　真真切切如铜镜天日可鉴。
春雨洒沃野,
　　点点滴滴似甘霖润物无声。

老友南文兄（序一）

◎李石元

那年底，老友曹南文寄来《随笔话民政》手稿，让我帮他斧正，并征求我的意见，询问是否可以出版。他的本意只是留着作为资料，给后人看。老友所托，自然不敢怠慢，我抽出时间，认认真真阅读了手稿，总觉得心间有股暖流在涌动着，这不仅因为字里行间凝结着他的心血，更重要

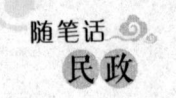

的是，这是他几十年为党为人民工作的总结。思想的火花、做人的感悟，全跃然纸上，读后受益匪浅。因此，我也极力鼓动他出书，给人给己留下点"财富"。

我和南文有着很深的交情，不仅是老战友，而且是兄弟。南文年长我两岁，我们同一个公社（现为永兴县湘阴渡镇），同一年（1968年）入伍，又分配到同一个部队。在老家，我们并不熟悉。1970年年底，我从团政治处调师政治部当干事，他在师后勤部直属运输连当指导员。由于工作关系，我们相识、相交、相勉，彼此十分投缘，无话不说。我大学毕业调新华社做军事记者后，虽然工作岗位多次变动，但我和南文两人心心相印，感情依旧，从未间断联系。

也许是湘南特有的水土，养育了湘南人坚韧不拔、吃苦耐劳的性格，南文兄凭着自己的努力一步一步做到党的中层干部。他的文化底子并不厚，却通过自学达到了大学本科水平，他的写作水准并不高，却通过艰苦磨练有了在报纸、杂志发表文章的能力。在部队时他曾是优秀干部，从指导员直接升为营教导员。1983年又从营教导员破格提拔为团政委，是当时部队最年轻的正团职干部之一。他所在的部队，在云南前线多次作战，屡建功勋。1985年，人民解放军百万大裁军，每个军官都面临着进退去留的问题，后来他选择转业，回老家安置，他说："不给部队添麻烦，哪来哪去，故土难忘啊！"几年后，我调新华社驻成都军区分社任职，在与原部队有关领导交谈中提及南文兄，那位领导十分婉惜地说："曹南文是个好干部，转业得太早了，按他的能力，在部队还是有发展的。"做官清廉、做事认真、做人本分，这是南文兄最大的特点。他总是说："我生长在农村，是农民的儿子，做人做事，一定要实事求是，对得起党，对得起人民。"在部队他就是这样要求自己的。他当指导员时，和战士的关系非常融洽，在连队经常外出跑运输，拉木料，在那个经济相当困难的时期，他从不为己谋私利。后来他当了营教导员和团政委，随着职务的提升有了相当的权力，他依旧严于律己，秉公办事，从不为个人捞好处，这在他所任职的团队和对他所熟悉的人中，是有口皆碑的。南文兄转业后，在郴州市任民政局副局长，工作性质变了，生活环境变了，不变的是他的务实精神、优良作风和军人本色。20世纪90年代中期，我调新华社驻广州军区分社工作后，由于地域的关系，回老家的次数多了，与南文兄接触的机会也多了，他总是给人一种稳稳妥妥、踏踏实实、忠忠厚厚的感觉。身为父母官，他体恤民情，心系灾区，老家经常有他踏雪访贫问苦的事迹传入耳中，这在民众期望党风好转的岁月，是多么难得。作为老友，我自然为他的事迹感到高兴。

当然，人生的道路是曲折的，在大海中游泳难免呛水，马行千里也失足。南文兄告诉我，在部队，在地方，他也曾有过工作上的失误，也曾有过苦恼和不快。虽然不是自己的主观意愿造成的，但他总是能认真地反思，总结经验教训，做到心中无愧。他说："做官是一时的，做人是一辈子的，功绩名利乃身外之物，不必看得太重。生命，有时像杯水，有时像片云，有时像盏灯，只要自己认真把握就能活得丰富多彩。"值《随笔话民政》出版之际，受南文兄所托，写了自己对他的一点感受,希望能得到南文兄的同事和众多老战友的共鸣。

写于 2001 年 12 月

【序作者简介】李石元,湖南省永兴县湘阴渡镇人。时任新华社驻广州军区分社社长(大校军衔)。退休时,新华社解放军分社为其颁发"一代名记者,三湘好军人"荣誉牌匾。

追求精神赞（序二）

◎ 许岳松

我和《随笔话民政》作者曹南文同志，可以说都是老民政工作者了。1982年至1992年，我在省民政厅担任领导工作，曹南文同志是郴州地区民政局领导之一，我们共事十余年。

1992年3月我退休后，曾想过，在民政部门工作十多年，究竟做了哪些有意义的事情？有些什么经验、教训？在进行救灾、救济、拥军、扶贫等具体工作过程中，心灵得到了哪些陶冶？思想得到了哪些提高？想写点东西向领导、同事、朋友、乡亲们作个汇报，但是，由于多方面的原因，并没有如愿，很内疚。前不久，曹南文同志将《随笔话民政》书稿送给我，并请我作序。我接到书稿后很高兴，内心钦佩曹南文同志的作为。以前，我对曹南文同志的印象是：部队团政委转业，为人正直，工作认真负责，办事果断，且有一定的理论水平和文学能力。但没料到在他即将退休之时，将自己的工作经历、学习体会，汇集成书。这个举动，值得称赞，值得民政工作者学习。

　　我拜读了《随笔话民政》书稿后，特别称赞曹南文的追求精神。如：《黎民冷暖篇》，把基本的民政工作，追求到政治高度来认识；《改革拓展篇》，把民政工作改革，追求到跟党中央、跟发展形势、跟群众需求与时俱进来认识，而且论述了民政与改革的很有借鉴价值的见解；《学习思考篇》，就业务论政治，追求民政工作者的思想、政治、法制、道德以及工作作风与"三个代表"重要思想相适应，要求同社会主义制度、社会生产力以及市场经济发展需要来认识。

从书稿中还可以看到，作者不仅追求工作上的完美，还追求民政工作者为人的价值，追求文章内容的纯正和文字上的完善。我想，无论做什么事情，只要有了追求精神，就一定会成功。《随笔话民政》是本好书，尤其值得民政工作者一读。

写于 2002 年 3 月

【序作者简介】 许岳松，湖南省民政厅原厅长。

前　言

在我国改革开放不断深化，社会形势飞速发展，人民物质生活不断丰富的年代里，人们奋力拼搏，为人类全面发展进步贡献自己应尽的力量。然而，光阴似箭，人们不知不觉变老了，暮年的我，在这日新月异的美好年代，总想做点什么来弥补精神上的空缺。于是，闲暇时，回头看看民政工作笔记，粗看一过了之，觉得没有可取之料；细看，其中有些东西还是值得一取的。一方面,有其时代特色,可以见证改革开放时期民政事业的发展变化;另一方面,对民政工作具有借鉴意义。随着改革的深入,传统民政工作产生了新的变化,还突显了许多新的内容。为此,民政工作必须随着形势发展而发展、变化而变化、进步而进步。实践充分证明:民政部门是人民群众的组织部,民政工作起到社会稳定器的作用,民政事业是整个社会的重要组成部分,服务于民政对象是全心全意为人民服务的具体体现。

《随笔话民政》完全是笔者工作笔记的整理,没有斧凿的痕迹。时间跨度长,随意性较强,且琐碎杂乱。能不能达到预想的效果,敬请广大读者鉴别。

曹南文

2021年9月25日

目录

随笔话
民 政

一、黎民冷暖篇

救灾感悟 …………………………………… 003

抗灾为民 …………………………………… 011

勘灾思考 …………………………………… 014

抗旱与"看汗" ……………………………… 018

调研储金会 ………………………………… 021

落实"三费" ………………………………… 025

二、优抚安置篇

"话"退伍安置 ……………………………… 031

创"双拥"城 ………………………………… 037

"八一"座谈会 ……………………………… 041

建军 70 周年 ………………………………… 044

三、改革拓展篇

浅议国企改革 …………………………… 049
民政工作定位 …………………………… 054
民政职业道德
　　——无锡培训中心学习体会 ………… 058
民政与做人 ……………………………… 062
随笔话民政 ……………………………… 067
调研谈"调研" …………………………… 070

四、城市低保篇

建立低保制度 …………………………… 079
调查摸底测算 …………………………… 085

调查摸底汇总 …………………………… 091
　　确定标准对象 …………………………… 094

五、学习思考篇

　　学《决议》　强硬功 …………………… 101
　　转变干部作风 …………………………… 105
　　践行宗旨增意识 ………………………… 109
　　"倒空"才能发展 ………………………… 112

六、杂事录记篇

　　而今学雷锋 ……………………………… 117
　　感悟"忍" ……………………………… 122
　　做人的原则 ……………………………… 124

学习联想 …………………………………… 126
门球益寿诀 ………………………………… 130

七、民政廉政篇

民政与廉政 ………………………………… 135
劳模的"专车" ……………………………… 139
做人要低调 ………………………………… 142

八、拾零报道篇

生态文明"三个三" ………………………… 147
感悟白露时节 ……………………………… 150
也说"正" …………………………………… 153
也说"很好" ………………………………… 155

群众利益无小事 …………………………… 157
遗财不如遗德 …………………………… 159
学会纳福 ………………………………… 161
幸福的启示 ……………………………… 163
曹能三住新房 …………………………… 167

九、往事附录篇

五保供养探试 …………………………… 171
"八一"情怀
——献给汽车连战友2015年"八一"建军节
聚会 …………………………………… 174
战友情深 ………………………………… 175
老友赠《莫生气》 ……………………… 177

热恋民政（后记）………………………… 179

一、黎民冷暖篇

救灾感悟

我从一名军人转业到地方，在民政战线工作近20年，对于民政业务或多或少都有涉足，但接触最多的仍数救灾工作，且感悟颇深。救灾工作与其他工作相比较，的确有其特殊性，并有一定的规律，掌握其规律，做好救灾工作就会事半功倍。

我工作的地方位于郴州市。郴州地处"三江"（珠江、赣江、湘江）上游，五岭山脉北麓，毗邻广东、江西省，是湖南省的"南大门"。总面积1.94万平方千米，占湖南省总面积的9%；全市辖北湖、苏仙、资兴、桂阳、永兴、宜章、嘉禾、临武、汝城、桂东、安仁等11个县（市、区），251个乡（镇），450多万人口（2001

年）。郴州位于东经 112°10′至 114°14′，北纬 24°54′至 26°51′，平均海拔 400 米。为亚热带气候，从西伯利亚和蒙古来的寒流，经过我国的东北、华北和黄河流域、长江流域，到五岭山脉郴州区域，它的前锋强度大大减弱。从赤道南来的热流，越过广州、韶关等地，到达湘粤两省交界处，也大都被高高的南岭山脉阻隔，进入郴州时已是"强弩之末"了。因此，这里的气候独特。尽管冬无严寒，夏无酷暑，四季分明，但郴州的气候变化无常，就连天气预报有时也难以预测，"天有不测风云"，这句俗语形容郴州是比较贴切的。郴州自然灾害频频发生，20 世纪 80 年代一位地委领导曾感叹："郴州岁岁有灾，不是水灾，就是旱灾，有时候灾套灾、灾连灾。"在郴州工作必须树立忧患意识，必须未雨绸缪。对自然灾害必须树立"三种意识"，即防灾意识、抗灾意识、救灾意识。

　　防灾意识。防灾，以防为主，打有准备之仗。在思想方法上宁愿紧，不可松；在措施上宁愿强，不可弱。同时，端正指导思想，自然灾害完全可防、可控。只要思想重视、措施得力、方法得当，就能将灾损降到最低。

抗灾意识。灾情来临,哪怕是毁灭性的自然灾害,也有其预兆,如地震的先兆:井水变黄、老鼠出洞、牲畜不进圈等;又如水灾:久雨必成灾,久旱必有雨;还有旱灾:久雨即有旱,北涝南旱,低涝高旱。郴州属丘陵地区,高坡处田多,天不下雨就没有水。如果降水量达到100毫米就成涝,甚至会引起山洪暴发。从中摸索灾害发生的自然规律,掌握其主动权,做到有备无患。以抗旱为例,实践证明郴州的旱情多,抗旱必须把"三关"。一是蓄水防旱。郴州的旱灾,一般发生在6—8月,夏旱和秋旱较多。春季是雨季,山塘、水库必须蓄足水,千万不要大意,宁愿超过蓄水量,也不要少于库容量,否则停雨即旱。二是管水抗旱。郴州丘陵梯形田多,实行家庭联产承包责任制以来,农民各自经营责任田,一有旱情,大家都盯着山塘、水库和电站、电排的水,为此,必须坚持"一把锄头管水",大家受益的原则,使有限的水起到最大缓解旱情的作用。特别要保证人畜饮水,以防闹"水荒"。三是视情救灾。现在,农村实行产业结构调整,有的一丘田里种几个品种的农作物,即使全种稻谷,也有早、中、晚稻之分,早稻之间、中稻之间、晚稻之间,也存在时间差的问题，成熟期相差一个星期是常有的事，这里面就出现灌溉上的轻重缓急问题。有的只是在一天之内或几个小时之内灌水保收，或增产增收。超过这个时间段，就减产，甚至绝收。遇到这种情况，在灌溉水路问题上，就会出现舍近求远、舍己救人的具体情况。同时，在库存水有限的情况下，例如，一立方水可能灌溉头水田几亩，尾水田（因水路远，水渠功能差）只能灌溉一亩或几分地，那就毫不犹豫地保近舍远，不然的话只会远近无救，全盘皆枯。这些做法都需要有大公无私的精神。所以说，认识规律、掌握规律，树立防灾、抗灾意识，自然灾害（包括水灾、山洪、龙卷风、虫灾等）并不是"巨龙"不可征服，而是有规律可循，是事在人为。

救灾意识。救灾是中华民族的传统美德。"一方有难，八方支援"，以人为本，先人后己，全心全意为灾民。一旦发生自然灾害，确保吃、穿、住、医；确保不冻（饿）死人；确保灾民不大批外出逃荒。这些就是我们救灾救济的原则，特别是贫困地区，贫困灾民遇到灾害就像是"火上浇油，雪上加霜"，那么痛苦，那么难熬。因此，在具体救济时，必须做到一方面发放钱物，要想周到，要到户、到人，特别是鳏寡孤独和残疾人家庭；另一方面造册救济，工作要深入、扎实，千万不要遗漏重灾户、重灾民。

要全面推行多渠道、多形式、全网络救助。目前，我国的救济形式大致有国家救济、社会捐助、邻里互救、生产自救等。无论是来自哪方面的救济都很有必要，实践证明，最管用的还是生产自救。因为，国家救济太远，往往今年发生的灾情，明年才能下拨救灾款，远水难解近渴；社会捐助筹集资金太难，也存在时间差的问题；邻里互救太少，一般情况下，邻里乡亲同样遭灾；生产自救，自力更生，艰苦奋斗，重建家园是最管用的办法。千万不要"两眼向上看，两手向外伸，两腿往外逃"或有等待、依赖、懒惰的思想。话又说回来，大灾面前不依靠外援是做不到的。这里面也有个社会主义的特色，即"一方有难，八方支援"。

如何管好、用好国家下拨的和社会捐助的救灾资金。必须十分明确，无论国家、社会用于救灾款多少，每一分钱都必须用于救灾，解决灾民的吃、穿、住、医等问题，否则就是犯罪行为。目前，农村救灾款的管理、使用的确存在让人不满意的现象，对此，我们必须正视。

原因有四点：一是管理体制问题。各地财政实行分级负担，乡（镇）财政包干制，乡（镇）财政所就成了个"大箩筐"，什么钱都往里装，支的时候尽管往外拿，连上级下拨的救灾款也不能保证。二是管理干部素质参差不齐，管理水平不一样，有的民政助理员刚参加工作，业务不熟悉，有的是兼职，对救灾款使用很难把关，有时还存在乡（镇）领导施加压力，助理员势单力薄抵挡不住的情况。三是宣传教育工作不到位，让救灾人员和救助对象明确救灾款的使用原则，宣传教育也是不可轻视的。救灾款如同"高压线"，不能触摸；救灾款也是"救命钱"，别人无权使用。这些基本的道理、基本的原则，有的人确实淡薄了，有的则在市场经济大潮中被忽略。无论如何，都有必要加强宣传教育，加强政策法规的学习，增强救灾意识，警钟长鸣，使更多的人了解、理解、明白也是不可忽视的一件大事。四是救灾体制问题，救灾要求快捷反映。目前，我们的救灾的确存在诸多不适应方面。表现为：报灾速度慢，救灾大而空，看得多，救得少。总之，要使看灾、救灾与实际相适应，我认为要做到以下几点：

首先，要建立网络，以县、乡、村为基础，各级都要明确专人负责，即明确负责人职责、救灾范围。不留死角、空白，一旦发生灾情，按各自的责任看灾、报灾、核灾，乃至救灾。做到层层负责，忙而不乱，急而不慌。

其次，要明确看灾、核灾的主体，主体是民政部门。主要部门要综合看灾、报灾、核灾的数字，这些具有法定地位。报灾要减少层级，加快速度，统一认识，力求准确，切忌多部门统灾、报灾，谁都可以报，谁也报不准，等于没报。

最后，要唱好报灾"三部曲"，即初报、快报、核报。初报只要将时间、地域、灾情大概等及时报上级即可，允许有差异，但不能脱离实际，想当然地报、乱报。快报要求越快越好，在灾情发生的第一时间用电话、传真、录像报上级部门，甚至可以越级报。无论如何不要影响灾情及时上报到上级部门，让领导心中有数。核报要求核灾、计灾、报灾准确性"零"错误，做到没有"水分"，让各级信得过，群众满意，自己放心。例如：水灾，何时何地、降水量多少、农作物受损程度、死（伤）人数、死（伤）大牲口多少、倒房（全倒、半侧、危房）等，这些统计都得用准确的数字、准确的语言、准确的例子，来不得半点虚假、哄骗。就连差不多、大概、估计之类词语都不能用。报灾统计对象要到户,财产损失精确到元。还有各级下拨的救灾款(物)要及时到民政部门的账号上登记,应救对象花名册要到户,所发放钱、粮、物要到灾民手中,并张榜公布,让大家明明白白。这样,救灾工作才能真正落到实处。

写于 2001 年 12 月底

抗灾为民

6月2日以来，因北方雨带南压，郴州境内连降暴雨。6月13日，雨量更大，来势更猛，风雨交加，造成山洪暴发，洪水泛滥，致使桂阳、嘉禾、永兴、北湖、苏仙、临武、宜章、资兴等县（市、区）遭受严重损失。

洪灾就是命令，赈灾自当为民。其间我曾两次参与勘灾、核灾工作。我们先后深入桂阳县的光明乡、欧阳海乡，北湖区的江口乡，苏仙区的栖枫渡镇，永兴县的油市镇等乡镇。总的感觉这次"6·13"洪灾给这些乡镇造成了不可弥补的损失，并且留有隐患。但是，灾区各级政府抗灾、救灾及时，措施得力，使得人民群众的情绪稳定，生产自救、重建家园的信心十足。

因灾造成的损失非常严重。这次洪灾，由于下雨时间长，13日的降水量又比较集中，来势很猛。首先，造成倒房严重。倒房大致有三种类型："空心村"旧房倒塌多，改革开放以来，不少村民在村周边新建了住房，致使原有旧房无人住或住人少，这些房子年久失修，风雨侵蚀，自然倒塌；边缘山区土墙、土砖房，被雨水渗透墙内，造成"软脚"或"腰折"倒塌；新建房周边未及时护坡，发生山体滑坡及泥石流，造成摧毁性倒房。三种类型的倒房都存在重建"三缺"，缺资金、缺劳力、缺材料，同时，还存在"三难"，选址难、搬运难、帮工难。其次，烤烟受损惨重。桂阳、嘉禾盛产烤烟，这次洪灾正值烘烤期，因洪水泛滥，大面积的烤烟被浸在水中，不烂也无法烤，只有砍掉、挖掉重新种水稻，平均每亩直接经济损失千元以上。最后，冲毁的农田、山塘、水渠、公路、桥梁、变压器、电站、电杆等甚多，损失严重，依靠当地的力量，短时间内很难恢复，有的无法恢复。另外，山谷、低洼地段积水较多。

抗灾、救灾工作应做到及时"三到位"。看灾、核灾及时到位，哪里有灾情，哪里就有看灾、核灾的人；救灾、救济措施及时到位，做到哪里有灾情，哪里就会收到慰问和救灾款（物）及食品；抗灾、抢险组织领导及时到位，做到哪里有险情，哪里就有党员、干部在场组织抢险、抢修。

灾区社会秩序稳定，灾民情绪安定。没有出现疾病、乱分乱抢财产等非正常情况，救灾工作紧张有序进行。我们所到之处，当地正在做以下三件事：一是抢险防扩损，也就是化险为夷，尽量减少损失；二是采取一切有力措施，清扫、消毒、防疾病；三是抢修塘坝、水渠及河堤险段。真正做到：有灾不怕，积极应对；救灾不乱，认真对待；防灾不畏，措施有力。

这些年，我走的灾区多，查灾也多，但是，这次勘灾让我悟出一条道理：救灾如救命。在灾情面前，只要团结一致抗灾、救灾，只要坚定践行一切为灾民，全心全意为人民服务，做到众志成城，就没有克服不了的困难和战胜不了的灾害，救灾工作一定会达到令人满意的效果。

写于2001年6月20日

勘灾思考

9月2日，永兴县遭受特大暴雨袭击，给工农业生产和人民群众生命财产造成了惨重损失，我受委派深入永兴县勘灾，有几点思考如下。

雨情、水情与灾情。"9·2"洪灾，永兴县平均降水量为81.6毫米，部分地区达到105毫米，永乐江、便江最大流量为1900—2600立方米/秒。永乐江沿江中稻受损十分严重，据统计：大布江乡中稻受损4261亩，冲毁耕地2400亩。其中，较头组由于该村电站拦河堤决口，冲毁50亩中稻，淹没100余亩，其中绝收50亩。

查灾、核灾与报灾。我们这次核灾重点是因灾倒房。永兴县因灾全倒房户84户263人，倒塌住房366间，其中大布江乡全倒房户12户54间，千冲乡全倒房户14户58间。调查过程中，我们对永兴县民政局汇总的花名册也进行了"三查对"，即地点、姓名、间数，与实际调查的数量完全吻合，没有水分，没有造假。另外，对发生灾情时间及倒房时间进行界定，8月25日永兴县境内就开始普降大雨，8月31日至9月1日降大暴雨，9月10日上午雨停，所以，老百姓有的将此次洪灾叫"8月26日洪灾"，有的叫"8月31日洪灾"，还有的叫"9月2日洪灾"。因此，倒房时间不局限在9月2日，只能说是在9月2日前后，这才是实事求是界定的时间。再说，中稻也有直接损失与间接损失的问题，早熟中稻损失大些。从8月25日开始至9月10日才停雨，早熟中稻收割时间是9月初，因下雨收割不成，因此在稻田里发芽，即使割回家没太阳晒同样会发芽。9月11日，我们在大布江的深洞村何主任家，实地看到晒谷场收回的谷子，就是如此，有30%—50%的谷子发芽、发黑。晚熟的中稻正值9月8日左右开割，这时正天晴，损失明显小些，但是如果被水淹仍然会发芽、减产。还有，山体滑坡造成房屋开裂或成危房。在永兴县因灾造成的危房，勘查结果有5个村。其中，千冲乡比坑村三组17户；圹门口镇文洞村曹家组10户；樟树乡界江村上朱组36户等，共计 87 户，333 人，366 间危房。这些危房是最大的隐患，也是永兴县民政局马局长最大的一块心病。不搬迁，住在危房里的老百姓每日不安；搬迁，这笔资金从哪里来？真有哪一天地动房倒，后果将不堪设想。

抗灾、救灾与防灾。永兴县采取对口救灾的办法，目前为止，兑现救灾资金 16 万余元。各部门为了让灾区人民尽快恢复生产、重建家园，有钱出钱，有力出力，众志成城抗灾、救灾，措施得力，起到了稳定灾区灾民的作用。

从永兴县勘灾回来，想起灾区灾民受灾的情景，又听取了其他组的情况汇报，我心潮澎湃，思绪万千，又有了下列几点思考。

一、看灾与核灾要有深度。要将灾情核实统计到村、组、户，因灾造成的损失要精确统计到元，使救灾工作有针对性、实效性。就深度而言，看灾与核灾，以核灾为主，损失要与恢复能力相联系进行核实；损失要与救济的可能性相联系进行核实；损失要与生产自救能力相联系进行核实。核灾与救灾，以救灾为主，突出重点，以人为本，解决灾民的吃、穿、住问题，突出解决疑难问题。核灾一定要实，实实在在反映灾情，用实情、实话、实数反映灾区的情况。

二、加大核灾力度。做到核灾与日常工作两不误，两手抓，两手都要硬；要加强领导，增强责任心、使命感。切实做到"四个结合"：日常工作与救灾工作相结合，重点救济与面上救济相结合，自力更生与依靠外援相结合，解决眼前困难与恢复基础设施建设相结合。总之，要做到不饿死人、不冻死人，灾民不大批外出逃荒。

三、加大赈灾募捐力度。从永兴救灾经验看，还要加大宣传工作力度，"一方有难，八方支援"；加大工作力度，救济对象不能留有死角；加大募捐力度，募捐资金一定要交到灾民手中。协调各部门救灾，做到抗灾、救灾统一指挥。

写于 2000 年 9 月 14 日

随笔话
民政

抗旱与"看汗"

8月,我深入桂阳、宜章等地,就抗旱工作进行了专题调研,所到之处,为"旱魔"给农业生产造成的损失而心疼,也为全市人民挥汗如雨、战胜旱灾的动人场景而感动。

今年,旱情来势很猛,有些地方的旱情比1964年还要严重,干旱使人民度时如日。这次我们走访了2个县10个乡(镇),数十个村(组),所到之处看到的是一片焦土、一片枯黄。表现在三个方面:一是降水量少,断雨时间长,有的地方6月22日断雨,有的地方6月28日断雨。7月份虽然下了雨,但也是雨少贵于油,桂阳只有62.5毫米,宜章只有69.3毫米,分别比往年平均减少

52.6毫米。二是连续高温，蒸发量大，35℃—39℃高温持续20多天，造成火南风地区平均日蒸发量9—12毫米，这种情况在历史上也属罕见。三是蓄水量少，受灾面广。前段时间雨水特别多，水库、山塘忽略蓄水，加上水利设施长年失修，库容量减少，有的只蓄到三分之一的水，一次开闸放水就见底，致使绝大部分山塘、水库、溪河干涸。损失十分惨重，表现在三个方面：首先，农作物受损严重。这次旱灾发生在农作物种植、生长、成熟的三个关键时期，换句话说，是农作物正需要水分的时期。其次，正值晚稻抢插时间。据统计，全市还有20%的晚稻因缺水未插，插下的有50%受旱缺水，其中，有30%白泥开坼。最后，时值中稻灌浆成熟期，需要大量的水分。另外，也是秋旱作物的生长期，尤其是秋苞谷和秋红薯受损最为严重。

人、畜饮水困难统计：桂阳县有20个自然村1.02万人，宜章县有52个村民小组1560户，1.05万人饮水困难，有的村民得到3—5里外去挑水，挑水途中需休息4—5次，有的一水多用（洗脸、洗脚、煮猪食）等。

这次旱灾来势猛，受灾面积大，抗灾难度大。主要有四缺：缺资金，有的乡（镇）几个月未发工资；缺劳动力，大部分青壮年外出打工；缺机具（油），一家一户很难有财力购买；缺水，无水可抽。

  面对严重的旱灾，我市广大人民群众发挥自力更生、艰苦奋斗的光荣传统，头顶烈日，在第一线抗旱救灾。有的村实行"一把锄头管水"，把有限的水用在急需的地方，用在关键的地方；有的村组织干部群众肩挑手提，引水抗旱；有的村把农机具用好，发挥其最大潜力。特别是基层干部群众齐心协力抗旱救灾的精神，让我们为之感动，真正做到了千军万马战"旱魔"，有不战胜旱灾誓不还的气概。

写于 1998 年 8 月 20 日

调研储金会

有较长时间未到安仁县。今天陪谢局长来主要是调研互助储金会，刚才听了几位局领导的汇报，谢局长让我先说，我想就农村互助储金会清理整顿谈点个人意见，仅供参考。

首先，统一认识，认真清理，努力工作，决不放松。1999年冬以来，我们集中力量，清理整顿农村救灾扶贫互助储金会，做了大量卓有成效的工作。表现在：领导重视亲自抓。农村互助储金会的清理整顿是中央、省里直接部署督办的一件大事，各级领导都十分重视，因为它牵扯到规范金融秩序、社会稳定和经济持续发展等方面，弄不好就会产生负面作用。我市这项工作安仁县是重点，这里的储金会最多，储户也最多，覆盖面最广，所以，清理整顿的任务最重。市局领导对此十分重视，局党组几次开专题会研究，谢局长亲自指导。安仁县民政局把农村合作基金会清理整顿视为重中之重的大事狠抓落实，可见各级领导高度重视，全面安排真抓实干。两年来，安仁县民政局一直把这项工作列为"重头戏"，全面部署，组织强有力的工作班子，天天在乡村搞清账、追款，认认真真地做事抓落实。截至今年上半年，已收回160多万元欠款，现在还剩近千万元未收回。为此，工作组成员吃了不少苦头，动了不少脑筋，想了不少办法，最终收到了实效。依法办事有成效，维护了社会稳定。我们一直担心群众上访、闹事，引起社会不稳定。结果，通过你们的努力工作，避免了不良现象的发生，对此，市民政局很满意。

但是，我们必须清醒地认识到，追款的任务仍然十分繁重，越到后期难度越大。必须进一步统一思想认识，一点都不能放松，锲而不舍地抓落实。必须认识到"清理整顿"工作是民政自己的事，不等、不靠，认认真真地清理好，让领导放心，让群众满意；必须认识到落实"清理整顿"工作，就是落实"三个代表"重要思想的具体体现，不能有半点懈怠；必须认识到，搞好"清理整顿"是民政干部综合能力的展示,我们一定要下决心把这件事做好。

其次,突出重点,摸清底子,理出计划,狠抓落实。在前段工作的基础上,要梳梳辫子,排排队,造好花名册,理出工作计划,突出重点,狠抓落实。一要突出重点乡、村、组、户。有的放矢,狠抓落实。二要抓"三大户"的落实。抓"借贷大户"追收缴,可以带动一大片;抓"挪用大户"促缴款,可以影响一大片;抓"储金大户"的思想情绪稳定,可以稳定一大片。因此,不要怕麻烦,不要怕出乱子,不要怕"穿小鞋",要一鼓作气狠抓落实。三要抓"三到位"。宣传工作要到位。道理要讲清,工作要深入细致,以理服人,以情感人,不要动不动三分钟,再不动就"龙卷风"。政策落实要到位。中央的精神要传达到户、到人,把上上下下的思想统一到中央的文件上来。组织措施要到位。该收缴的一定抓紧上收,决不留情面、讲关系。在一个人身上打破原则,在千百万人当中就失去了说服力。在工作过程中视情节轻重,该处罚的要处罚,该追究刑事责任的一定要依法追究,决不手软。

最后,领导重视,部门配合,民政全力以赴,不达目的绝不收兵。安仁县农村互助储金会的清理整顿工作,

随笔话
民政

通过全体民政局上上下下努力工作，达到目前这个效果，很不容易。大家在具体工作中下了大功夫，吃了不少的苦头。但是，获取全胜，仍须在以下三个方面努力。多汇报争取县领导重视，把整个清理整顿工作纳入全县农村合作基金会的清理整顿中同步进行，关键在于民政部门自己要争取；多协调，取得其他部门的配合，引起大家的关注，形成合力把这件大事做好，关键在于我们的协调；民政部门自己统一思想，明确措施，集中力量一抓到底，关键在于我们努力工作。有领导重视、部门配合、自己努力，没有克服不了的困难、完成不了的任务。我坚信安仁县农村互助储金会的清理整顿工作一定会取得圆满胜利，到时候我们为你们请功。

写于2001年8月28日

落实"三费"

为了规范农村收费管理，减轻农民负担，对农村税费实行改革很有必要。从农村经济发展看，税费改革势在必行。通过规范农村收费达到调整和规范国家、集体与农民的利益关系，将农村分配制度进一步纳入法治轨道，减轻农民负担，保护农村生产力，改善干群关系，推进农村经济发展和维护农村社会秩序和谐稳定。从利弊关系看这一举措也是很有必要的。近年来，农村经济发展速度减缓，农村收入增长放慢，农民负担较重，干群摩擦时有出现，矛盾增加，税费征收难度加大。社会不稳定的因素增多，部分乡镇干部受多种因素影响，导致其对农村经济发展的引导、扶持、服务工作不断弱化。

一句话，不改不行了，老办法不管用，硬办法不敢用，新办法试着用。税费改革是唯一的出路。

农村税费改革的主要内容，即"三取消""二调整""一改革"。"三取消"，即取消乡统筹行政事业的收费；取消屠宰税（过去是以户计算或以人口计算征收屠宰税）；取消劳动力积累和义务工。"三取消"实际上是从根本上遏制"三乱"（乱收费、乱集资、乱摊派）。"二调整"，即调整农业税、调整农业特产税。以耕地面积为收税的基数（计价），征收此两项税总和20%的附加税。"一改革"，即改革农业税征收统一办法。改革后农民负担人均48元，由原来的109元，减少了61元，县财政减少收入3900万元，乡镇平均减少160万元。改革是以耕地面积为基础，规范收费，交费人心里明白了，从根本上减少了农民的负担，农民拍手称快。但是，县、乡两级财政确实减少了一大笔净收入，致使有的乡镇难以开展有关工作，有的乡干部不愿下村、组做事，不思进取。乡镇一级政府无权、无钱、无地位，怨声载道，有的干部不愿在乡里干，想进城。

乡镇统筹中民政"三项经费"来源及政策规定。以乡镇统筹、运作的"三项经费"是：农村义务兵服役期间的优待金（不低于当地群众人均收入的70%）。在乡复退军人治病补贴金（按7∶2∶1的比例），乡镇负担70%，县负担20%，个人负担10%。这两项经费从农业税中列入预算支付。农村五保供养经费，市里规定从两税附加费中列入预算解决。且全县全年的附加费（农业税和农业特产税总和的20%），合计332万元。开支：村组干部工资补贴每年204万元，村里的公用经费（村干部养老保险费）70万元，五保供养444万元（每人每年按1400元计算），还有其他经费开支，附加费用于五保供养这一笔都不够，只能保证村组干部的工资补贴。

永兴县税费改革后"三项经费"落实情况：25个乡镇只落实了35%，还有65%未落实。原因有三条：乡镇负担确实加重了，难以落实；统筹金收不上，无法落实；拖欠数额大，未落实。针对上述原因，要使农村税费改革后，民政"三项经费"得到落实。

工作对策：单纯的以耕地面积计税征税还不够完美。人口税与计划生育超生有矛盾，生得越多，负担越轻，反而享受越多。以乡统筹的"三项经费"必须明文写入征税条款，不能笼统地列入预算，从附加费中开支。减

随笔话
民政

费与减员必须同时进行。乡镇的管理冗员不减，收入渠道减少了，农民减负还是不能落到实处，必须下决心减员。部门改革必须与乡镇配套，不能把部门的负担压到乡镇，乡镇无法承受。

写于2001年3月27日

二、优抚安置篇

"话"退伍安置

退伍安置工作，在改革之年，出现了许多新情况，再也不是过去"你安置我接，你不安置我主动要"退伍兵的局面了。同时，也带来了新的历史机遇。做好新时期退伍安置工作，必须要顺势而为，加大"三个力度"。

第一，加大宣传工作力度。退伍安置工作，从表面上看，只是安排退伍兵就业的事，实际上它是关系着稳定军心、安定民心、巩固国防的大事。因此，要加大宣传工作力度，进行国防教育，使各用人单位充分认识到安置退伍兵是全民应尽的义务。在实际工作中无论遇到多大的困难，也要千方百计地克服困难，为退伍兵就业开方便之门。各安置部门，应按政策规定，尽职尽责地将退伍兵安置好。

第二，加大安置工作力度。目前，面临着机构改革，精简机构，人员分流；国有企业改革，资产重组，减员下岗；农业实现产业结构大调整。这些的确给退伍安置工作带来了新的困难，而加大安置工作力度，使退伍兵能得到妥善安置，是各职能部门应尽的责任。因此，一要协调好部门与部门之间的关系。退伍安置工作是一项政策性较强的工作，必须要依靠有关部门的通力合作，按照相关政策，实施有效的安置；安置部门有责任协调好工作关系，使有关单位各施其职，尽心尽力地做好安置工作。二要有目的地安置。在实施退伍安置工作过程中，应对用人单位进行有目的的了解，如有无编制、有无岗位，做到心中有数。之后，将退伍兵的档案情况和用人单位需要情况，互相交流通气，接受单位愿意接收，退伍兵愿意去，嗣后才以正式下文开分配单的形式将退伍兵分配落实到人，这样做虽然工作量大一些，但是，既有针对性、可属性，又有严肃性。切忌心中无底而盲目随意安置。三要按政策因人安置。政策明文规定哪里来哪里去，符合安置的城镇退伍兵（包括退伍士官），二等功以上的农村义务兵，原则上是由父母亲或爱人所在单位安置。据此，千万不要离开政策规定，放弃原则乱表态、乱安置，防止好心办坏事而有害于退伍兵。

第三，加大政治思想工作力度。退伍安置工作是一项较敏感的工作，无论哪一个环节出现差错，都会给全盘工作带来麻烦，并影响社会稳定的大局。所以，在整个工作过程中，必须始终坚持耐心细致的思想政治工作。

（1）针对退伍兵的要求，尽可能地做好说服教育工作。退伍兵绝大多数在服役期间为国防现代化建设、为保家卫国尽了义务，作出了贡献。他们中间有的是有功之臣，有的即使没有功劳也有苦劳，对于这一点，我们尤其要充分肯定，千万不要忽略。正因为他们在部队的光荣经历，且又离家多年，对地方的现状缺乏了解，在退伍分配的时候，向相关部门提出自己的想法及要求，无论合理与否，我们都要以理解、关爱的心态予以接受。同时，也将地方上的实情介绍给他们，把有关政策规定告诉他们，把需要与可能讲清楚，以心换心地做好思想政治工作，使他们能提高认识，有一个正确的择业观念，正确对待就业，与我们最终达成共识，一道将其安置好。

（2）针对政策的要求，做好用人单位的接收工作。处在改革之年，人满为患，这样的现状大家都清楚。各单位有自己的难处，各人有各人的难处。退伍安置工作本身就是化解矛盾、调解人际关系的工作，作为用人单位一定要顾全大局，不能只强调自家的困难，离开政策规定，把矛盾推给别人、推给社会。那样不利于解决问题，反而会使问题复杂化。在此，我们要为退伍兵设身处地地想一想，他们离开家乡几年或十几年尽义务、作贡献，到头来，一无所有，他们的困难才是真正的困难，并且依靠自己的力量是难以解决的，必须要依靠政府，依靠组织，依靠全社会的力量才能解决。他们这时最需要的是什么？是关心，是体贴，是用真情为他们排忧解难，以至妥善安置。此时，我们的安置部门、我们的接收用人单位，必须要讲党性、讲原则、讲大局，要真心实意地为退伍兵服好务，只有这样才会达到事半功倍的效果。

（3）针对个别退伍兵的无理要求，以理服人做好疏导工作。退伍兵在部队经历过特殊教育，接受过专门的训练，政治思想素质一般都比较成熟。他们对党的政策、对地方上的一些规定，一般都能正确理解并自觉遵守，对地方上的难处也能正确认识。即使个别退伍兵向安置部门提出一些不切实际的要求和想法，说出几句不合情理的话，甚至出现一些过激的行为，我认为也是正常的。我们做安置工作的同志，这时一定要冷静而真诚地对待他们。具体来讲，一要正确理解。因为，退伍兵到地方首先接触的就是我们安置部门，他们内心的苦只有向安置部门说，在别的地方说了也无济于事。在退伍兵的心目中，安置部门就是他们的"娘家"，到了"娘家"还有什么话不好说呢？因此，我们要以父母之情怀理解他们的难处，宽容他们的想法，千万不要以"急"对"急"。二要正确引导。俗话说，再聪明的人也会有犯糊涂的时候，或无意中做出糊涂的事，这也是人之常情。人在糊涂的时候更需要理解，用兄弟般的情谊对待退伍兵，把道理讲透、把政策讲明、把问题讲清，理直气壮地讲理，明明白白地说事，切忌哄骗，不能"硬"对"硬"地处置。现在是法治年代，要相信绝大多数的同志会依法行政，强加于他人的事我们千万不能做。三要正确处理"上访"。"上访"不过是下级向上级反映情况、汇报想法的一种形式。因为"上访"者有的想法或有些事情不明确、不了解，向同级反映，同级也没有一个准确的答复，他们只好越级向更高一级反映。退伍兵要反映的问题一般都属于这一批兵共同的问题，他们派代表"上访"，我认为也是一种正常的事情，我们也曾提倡上传下达嘛。只要我们用情倾听他们的反映，并耐心地解释，给予明确的答复，使他们满意而归，这有什么不好呢？不要一说"上访"，一概而论都是坏事，我不赞成这

二、优抚安置篇

035

种说法。话又说回来，个别退伍兵受社会上不法分子的挑动，为达到某种个人目的而做出一些出格的事，引起社会不稳定，搅乱退伍兵的人心，破坏退伍兵的名声。退伍兵不能容忍，法律也不能容忍，并且应该依法严惩。

安置退伍兵有许多工作要做，也十分具体，不是说加大"三个力度"就可以万事大吉了，只能说是加大"三个力度"有助于整个工作的顺利进行。就工作而言，还必须真诚对待，热情接待，诚信善待。适应新形势把退伍兵安置好，是全社会的共同心愿。

刊登于《优抚与健康》2002年第7期

创"双拥"城

创建"双拥"模范城市，是我们今年工作的重点。年初已向有关部门及全市人民承诺，然而，"双拥"模范城市创建活动，仍有许多工作要做。目前，最紧要的是要做到"三个四"。

加大四个力度。一要加大教育力度。通过教育增强全社会国防意识，提高市民对"双拥"的认识，使之有一个宽松的社会环境和和谐的社会氛围。二要加大宣传力度。创建"双拥"模范城市是全市人民政治生活中的一件大事，是精神文明建设的重要内容。我们要采取各种形式，利用各种宣传舆论工具广泛地宣传创建"双拥"模范城市的重要意义。使人人动手、个个参与、争做贡献、争当模范。三要加大创建力度。创建"双拥"模范城市活动,关键在创建。创建又在于一方面抓软件建设,另一方面抓硬件建设。从郴州市目前情况看,尽管过去做了大量卓有成效的工作,但是,两个方面的建设仍然存在很大差距。仍需军地双方共同努力,在软件、硬件建设方面下大力气,改变目前软件不足、硬件不硬的局面。四要加大工作力度。"双拥"创建重在落实,落实更在于工作。创建"双拥"模范城市,工作量之大,要求之高,需要我们各级,尤其是主管部门和业务职能部门,更要认认真真地抓落实,按照有关条款、标准,一条一条,一件一件,一项一项,一步一个脚印地抓紧抓实。一抓到底,不达目的不收兵。

注重四个结合。一是创建"双拥"模范城市与创建文明卫生城市相结合。城市建设得进步与否,是一个地方社会与经济协调发展的窗口。同时,也标志着这个地方人们的素质,我们创建"双拥"模范城市,就是要内强素质,外树形象,既要体现社会效益,又要体现经济效益。二是创建"双拥"模范城市要与经济建设相结合。处在社会主义初级阶段,尤其是经济欠发达地区,我们从事的每一项活动(包括每做一件事)都必须以经济建设为中心，也就是以"三个有利于"为出发点。脱离"三个有利于"都是空的，徒劳的。三是创建"双拥"模范城市要与社区服务相结合。社区服务是我国现代城市建设和规范化管理的重要内容。"双拥"模范城市建设，将基础设施建设、社区服务内容、规范化管理一体化，势在必行。四是"双拥"模范城市建设要与基础设施建设相结合。"双拥"模范城市建设关键在创建，创建的关键又在基层、基础设施。基层素质提高了，基础设施建设起来了，管理跟上了，"双拥"模范城市建设就有了基础，就会真正得到落实。所以，我们要将工作做到基层，把力气下到基础设施建设上，使"双拥"模范城市有看的、有听的、有形式、有内容。

把握四个环节。第一，人是关键。人是改造社会、创造历史的动力。人心齐，泰山移，只要我们认识统一了，形成共识，事业就有成。创建"双拥"模范城市要靠全市人民共同努力，贵在参与，贵在从我做起。第二，基层是重点。万丈高楼平地起，凡事都必须在基层落实，基层落实了，才算是真正的落实。基层基础设施建设工作是整个创建工作的重点。第三，物质是基础。创建"双拥"模范城市，没有一定的资金投入，没有物质基础，硬件建设上不去，人们有好的愿望，有再大的决心，仍然是空的、虚的，必要的投入是一定的成功，是一定的胜利。第四，创建更重要。说一千道一万，只有办实事、来真的、动硬的，推诿、等、看要不得，只想别人动，自己不动，一头热，一头冷，说起来重要，做起来不要，那将会一事无成。

写于 1998 年 8 月 1 日

"八一"座谈会

正当"八一"建军节来临之际,北湖区在这里举行座谈会。军民同庆这一光辉节日,共商建设"双拥"模范城市之大计,我谨代表郴州市民政局表示祝贺!祝驻郴部队官兵节日愉快,身体健康,工作顺利,家人幸福,万事顺意。

每逢佳节倍思亲,每到"八一"建军节就想部队。在此谈点节日感受。一是思念部队之情。我曾在部队待了18年,服役期间,总是认为"铁打的营盘流水的兵",迟走不如早走好,天天想复员、退伍。心想,复员到地方与家人团聚,共享天伦之乐。个人可以学习地方的新东西,直接为经济建设,为国为民效力,充分发挥自己的才干，好好干一番事业。其实不然，到地方工作10多年以来，实践使我深深体会到"还是部队好"。解放军这所大学校好，那里有人间真情。凡是自己工作、生活中遇到不顺心的事，"头痛"的时候，就会很自然地想到部队首长，能找你谈心，指导、引导、帮助你走出困境。所以我说："珍惜在部队的今天，就是爱护自己的明天。"

二是感谢部队教育培养之恩。实话实说，我能有今天，能为人民服务做点事，全是部队首长的教诲，全是军队这所大学校培养教育的结果，部队对我恩重如山。为了感恩，这些年以来，我一直以军人的标准严格要求自己，坚持学习不放松，保持清醒的政治头脑，与党中央保持一致；坚持工作不懈怠，保持积极性、主动性；坚持工作不拖沓，保持严谨的军人作风，刚正不阿，雷厉风行，说干就干。给自己约法"三章"，即老老实实做人，用好权；扎扎实实做事，服好务；堂堂正正为官，不沾不贪。

三是难忘部队之事。军队是社会主义建设事业的钢铁长城，是中华民族的中流砥柱，一点不假。我在地方工作中对这一点体会更深。为保家卫国，为经济建设保驾护航，为抗洪抢险，为除恶扬善，为保一方平安，为保护人民群众的根本利益不受损害，首先出征的，走在最前头的，流血牺牲的，哪一次不是部队，不是解放军和武警官兵？真是灾难、危难靠部队，大难、小难还是靠部队，可谓"国无军不宁，民无军不安"。改革开放这些年，人民军队伟大之师没有变，军队钢铁长城地位没有变，人民子弟兵性质没有变，"军民团结如一人，试看天下谁能敌"。让我们军民团结成鱼水情，共同把郴州建设得更加美好，为把郴州建设成粤、港、澳后花园作出更大的贡献。

写于 2001 年 7 月 31 日

建军 70 周年

今天，是中国人民解放军建军 70 周年纪念日。在这举国欢庆的大喜日子里，作为一名老复退军人，想得最多的是如何继承我军光荣传统，全心全意为人民服务，在新的历史时期，再为人民立新功。

中国共产党是无产阶级政党。全心全意为人民服务，源于无产阶级世界观，是党的宗旨。军队是党指挥的军队，军队来源于人民，军队植根于人民之中。全心全意为人民服务既是我军的根本宗旨，也是我军在长期革命斗争中形成的优良传统。在新的历史时期，随着改革开放和社会主义市场经济逐步建立，为人民服务在一些具体形式和内容上发生了变化。但是，只要是中国共产党执政，人民军队存在，为人民服务的根本宗旨就始终不会变。

为人民服务是无产阶级世界观的集中体现。为人民服务是大公无私的同义词，凡事出于公心，出于党心，出于民心，不能有半点私心。现在社会上有一种说法："市场经济离大目标远了，雷锋精神淡忘了，经济利益与个人利益是一致的。"我认为，这些说法，是在市场经济体制下的误解，是政治上的近视眼，有害于党和人民，我们必须在思想上予以澄清，发扬我党我军艰苦奋斗的优良传统。维护党的利益、人民的利益，大公无私地为人民服务，为人民掌权、用权，为官一任造福一方。

为人民服务必须要有奉献精神。服务与奉献就内涵而言是一致的，服务即是奉献，奉献是为人民利益而奉献，无私的奉献是彻底为人民服务的表现。想奉献，同时又想在奉献中索取，这不是彻底的唯物主义者，不是全心全意为人民服务，而是投机取巧、半心半意为人民服务的个人主义。以等价交换方式进入人们的政治生活中，事实上是不允许的，现在不允许，今后也不允许。

为人民服务关键在于持之以恒。毛主席曾说："一个人做点好事并不难，难的是一辈子做好事，不做坏事，

随笔话
民政

一贯地有益于广大群众,一贯地有益于青年,一贯地有益于革命,艰苦奋斗几十年如一日,这才是最难最难的啊!"为此,要警钟长鸣,经常用马列主义、毛泽东思想、邓小平理论武装自己的头脑,检查自己的言行,有错就改,知错就改,经常打预防针。尤其要保持晚节,坚持党性原则,坚持正义不动摇,全心全意为人民服务,永葆军人本色。

写于 2001 年 8 月 1 日

三、改革拓展篇

浅议国企改革

　　社会主义市场经济体制逐步建立以及不断完善，极大地推动了经济快速发展，冲击了长期以来借鉴苏联经验形成的计划经济体制，致使原来沿袭下来的经济运行机制在其运行过程中不得不进行改体、改制。然而，深化国有企业改革，职工暂时停职、下岗分流，是经济运行过程中的必然现象，是市场经济体制建立过程中不可回避的历史阶段，也是按照市场经济规律自行运转的必有程序。就目前形势而言，是刻不容缓的。

　　首先，说一下市场经济特点，市场经济的最大特点是具有利于社会的最佳配置与生产经营的高效率。我国资源丰富，是一大优势，但是，由于长期以来实行计划经济体制，不能充分发挥其资源优势，特别是在资源优化组合方面不能如愿，甚至阻碍了经济正常运行。我们要实现市场经济，就必须毫不犹豫地取缔计划经济，变单一型经济为多元型经济，逐步建立健全社会主义市场经济体制。而市场经济其运行规律，必须是以市场为导向，以市场为依托，以市场为调节，遵循这个规律，是唯物论的表现。否则，就是唯心论，就会使经济运行进入误区，并且一事无成。时至今日，在计划经济体制条件下创办的国有企业，本身就有许多矛盾，影响企业更好经营。深层次矛盾的呈现，是市场经济建立过程中优越性的显示，决不是改革本身问题的反映，下岗分流是事物发展的必然趋势，更是不可抗拒的自然规律。

其次，下岗分流原因分析。大量的事实表明，下岗人员增多，大致有以下几个方面的因素。改革开放以来，生产迅猛发展，东西多了，物质丰富了，产品不好卖，不少企业的产品甚至卖不出去，只好停产。过去一些年，咱们国家城市人口的消费有一个特点，叫"浪潮消费"，如冰箱热、彩电热、开发区热等。这些浪潮刺激了生产，厂家都往热点上拥，等这些消费从浪尖上下来时，生产能力就过剩了，从事这些生产的人员也就是富余的。任何一个国家的经济发展都必须伴随着产业结构调整。现在服务行业要大力发展，第三产业的比例增大，一部分人从二岗下到三岗，又不能马上接上茬。还有历史的原因。新中国成立后，我们长期实行低工资制和高就业的方针，现在进入市场经济，企业要高效益，就必须"减员增效"。社会主义市场经济必然存在市场竞争，竞争就有破产、淘汰、企业兼并，这些企业的职工不能马上找到新的岗位，即合适的工作。我国是人口大国，前些年的生育高峰，已经形成了今天的就业高峰，就业压力可想而知。综上所述，下岗人员一时增多的现象，是经济发展过程中的客观反映，是前进中的问题，是可以通过深化改革逐步得到解决的问题。

再次，下岗分流再就业。"鼓励兼并，规范破产，下岗分流，减员增效，实施再就业工程"等一系列政策，是我国社会主义保障制度还不完善的情况下，解决眼前这一矛盾的唯一途径。我们必须清晰地看到，下岗分流给一部分职工带来了暂时困难。但从根本上看有利于经济长足发展，符合工人阶级的长远利益。实践证明：减员必须和再就业相结合。我们要动员政府、企业、社会各方面的力量，保证下岗职工基本生活水平，实施再就业工程。再就业制度是具有中国特色的社会保障制度，各级党组织和人民政府要满腔热忱地依靠各方面的力量，关心和安排下岗职工的生活。政府要出钱，社会各方面要出力，企业要负担，不能把下岗职工推向社会不管。要建立从下而上的再就业体系，基层企业都应该建立再就业中心，对本企业下岗职工负责。解决下岗职工生活困难的资金可以采取"三三制"的办法，政府财政预算三分之一，企业负责三分之一，各种社会保险、救济、捐赠渠道补助三分之一。只要领导重视，以我们目前的财力和条件是可以办好这件事的。总之，我们要千方百计帮助下岗职工克服困难，渡过难关，特别要更多地关心工龄长的老职工，我们要做好工作，为国家分忧。

下岗分流人员，本身也要提高认识，树立正确的择业观念。下岗分流是社会进程的必然阶段，是正常的社会现象，不是丢人现眼、见不得人的事。为此，要顺应历史潮流，服从社会分工，积极参与。要充分认识到：只要有事做，有钱挣，都是再就业，而现阶段服务行业就可吸收大量的劳动力。不要认为只有进工厂，才算产业工人，才算上岗就业。那是过了时的观念、落后的观念。实施再就业工程需要进一步科学化、规范化，切实保证再就业，它体现了中国特色社会主义保障制度的优越性。组织再就业培训，为下岗职工再就业做好服务、指导是我们应尽的责任。

写于 1998 年 9 月

三、改革拓展篇

民政工作定位

在新的历史时期，进一步明确民政地位和任务十分重要。民政部门管理社会事务的职能与其他中介管理社会事务的职能如何区别，我认为，民政部门负责的基层政权建设和社区服务管理工作是政府对基层群众自治组织建设的管理，实际上就是社会行政管理。过去，民政部门主管的社会保障（如优抚安置）实际上也是社会行政事务管理。必须要明确指出，社会保障虽然仍是民政工作重点之一，但是，不能继续以社会保障为龙头来统领全部民政业务，而应该以社会行政事务管理来整合民政工作，包括我们以社会保障为主要内容的部门也要转变工作思路。而且，我们在从事社会行政事务管理时应着眼于以下两点。

一是调整政府与社会关系。改变过去由政府包揽社会事务的格局，以致加快社会进程，把应该由社会办而且社会能够办的事交给社会力量办。政府管理主要是制定相应的政策、法规，推动政策、法规的落实和检查监督。明确中央政府与地方政府在管理行政事务方面的相应职责。过去，把民政工作归结为"三个一部分"，是完全符合民政工作实际的。社会保障业务不能归属社会行政工作管理，而且，在今后一段时间里，民政部门仍需承担一部分社会保障业务。比如：城市居民最低生活保障，救灾救济，优抚安置，老年人和残疾人工作，等等。因此，不能回避社会保障这一概念，社会保障工作还是要提，只是不能再作为民政工作的龙头来提。

民政工作在新的历史时期的社会角色即社会功能。我是这样认为的：民政工作仍将发挥"社会稳定器"的作用，但是，仅仅就此理解是不全面、不合理的。在改革、发展和稳定这几个方面，民政工作不仅是"社会稳定器"，而且也起着推动改革、促进发展的作用。对新时期民政工作的地位和作用应用三句话概括：

推动经济和政治改革；促进社会全面和可持续发展；维护社会动态平衡。

二是切实转变政府职能。完成新时期民政工作任务，必须创新民政工作思路，转变工作方式。创新工作思路，在主观上要具备两个基本条件。第一，要进一步解放思想。真正从计划经济思维模式中摆脱出来，认真分析市场经济条件下出现的各种新的社会问题，并研究解决办法。只有这样，我们的行为才能适应市场经济体制。第二，要牢固树立全心全意为人民服务的思想。消除私心杂念，只有这样，才能克服本位主义，该管的事管好，不该揽的权和事不揽。真正理顺政府部门之间，政府与社会中介组织之间以及民政内部业务科室之间的关系，形成工作合力，实现工作高效。新时期民政工作总的思路，可以归纳为"四化"，即法制化、规范化、现代化、社会化。

新的工作方式，主要应从以下方面努力转变。从微观管理转向宏观管理，从繁琐事务中解脱出来，转向对政策、法规的执行和监督。加强调查研究。及时掌握新情况、研究新问题、总结新经验、制定新政策、创造新理论。各级民政部门尤其是领导干部要把调查研究作为一项基本任务、基本职能。从低效向高效转变，要明确分工，责任到人，从根本上杜绝人浮于事、互相扯皮的现象。

写于 1999 年 2 月 26 日

民政职业道德

——无锡培训中心学习体会

这次学习时间短，内容比较集中，收获却不少。

第一，我认为民政部编的这本《职业道德通论》是本好书。好就好在合味——很合民政管理部门的味口。论的全是民政理，举的全是民政实例，是民政干部必读之书；合拍——与中央纠正行业不正之风，加强党风廉政建设，加强思想政治工作，加强党的建设，抵御和平演变，与提高干部思想政治素质总要求都是合拍的；合意——顺民意。人民对我们干部所希望的、所要求的是"老八路"艰苦奋斗的作风，20世纪50年代的党风，60年代的雷锋（精神），不希望我们的干部有不正之风。

第二，提高对民政职业道德学习必要性和重要性的认识。我们属于政府做群众工作的职能部门，是社会稳定机制之一，多元性、群众性、社会性体现了民政工作的性质。我们的工作任务，有20多个大项，200余条具体工作，而大部分又是做人的工作，上为党和国家分忧，下为人民群众解愁，是服务于党的中心工作。我们工作的对象有近2亿人，主要是可爱的人、可怜的人、贫困的人。因此，提高道德水平、增强道德观念是民政工作性质、任务、对象对我们的要求，是形势发展的需要，是每个民政工作者应尽的职责。

第三，对于职业道德有了进一步的了解。首先，通过学习认识到什么是道德。道德的产生是由社会分工而派生出来的，它是有阶级性的，不同阶级有不同的道德。它不是管子的"君主想出来的归于天"，不是荀子的"源于人的物质欲望"，养人之欲，给人之求；也不是孔子说的"道德是天赐给人的"，不是孟子说的"道德就是善，人生来就有的仁、义、礼、智根于心"；更不是斯宾诺莎、费尔巴哈所说的乌七八糟的道德。道德是受经济基础决定的一种特殊的社会意识形态、上层建筑。其次，道德是靠社会舆论、靠个人的良心、靠人们的习惯、靠宣传教育来调整和维系的。再次，无产阶级的道德与资产阶级的道德区别在于"一个是为人，一个是为己"。前者是无产阶级社会主义、共产主义道德的集中反映，后者是资产阶级道德的集中表现。

第四，懂得了职业道德的要求是什么。体现在服务上就一句话——全心全意为人民服务，即为民政对象服务、为经济建设服务、为改革开放服务。

讲道德，是当前十分重要的一课，尤其是对青少年一代更为重要。他们中间有的精神空虚、无理想，看破红尘，需要补课。讲道德是关系到事业成败、民族兴衰、国家存亡之大事。为此，要培养人人讲道德的好习惯。民政职业道德是党和政府精神文明建设的窗口，民政职业道德是我们事业的希望所在。我们那个地方对干部有一种说法：50年代摸得到脚，因为同吃同住同劳动（晚上睡一张床或一个炕）；60年代握得到手，下乡村走路，碰见群众就握手；70年代看得到人，骑单车下乡村，到处可以见到人；80年代吻得到灰，坐汽车下乡村，见不到人，只能吻汽车扬起的灰。说得很形象。因为，我们的工作与人民群众最接近、最直接，一目了然，必须加强民政职业道德的宣传教育。时时处处提倡职业道德，是我们从事民政工作的一个重要组成部分,是我们应尽的职责。需要我们在言行上下功夫,不要等、不要看,从现在做起,从自己做起,坚持数年必有成效。

1991 年 11 月写于无锡

民政与做人

我国改革开放给社会义现代化建设注入了生机和活力。形势发展日新月异,经济快速增长,人民群众物质文化生活得到极大的丰富,生活水平明显提高。目前,社会主义现代化建设正处在一个新的发展历史时期,不容置疑,高举邓小平理论伟大旗帜,坚持改革开放不动摇,坚持以经济建设为中心不动摇,坚持"两个文明建设"一起抓,我们的未来会更美好。

把握时局,做好民政工作,关键要提高干部素质。建设一支适应社会主义现代化需要的高素质干部队伍,是我们事业不断发展并取得成功的关键。同样,开创民政事业新局面,民政干部队伍素质至关重要,怎样提高干部队伍素质呢？我想从以下几个方面谈谈个人想法。

首先，加强理论学习，增强政治坚定性。在民政事业面临跨世纪的今天，深入学习邓小平理论，尤其要把改造世界观放在首要位置，不断提高干部的素质，这是把民政工作推向前进的重要保证。树立正确人生观、价值观，必须在以下四方面下功夫：端正学习态度，在加大学习力度上下功夫；努力改造主观世界，在增强党性锻炼上下功夫；弘扬马列主义，在解决实际问题上下功夫；坚持从严要求，在加强管理和监督上下功夫。

其次，加强自身修养，提升政治素质，锤炼道德品质。提升民政干部队伍素质，必须加强自身修养，提升自身的政治素质和道德修养。肩负"上为国家分忧，下为百姓解愁"的重任，要求每个民政人必须注重自我修养。通过自我教育和自我磨练，把自觉遵守党的政治纪律和政治原则转化为政治信念，变成自己的思维方式和行为方式，变成在处理各种问题时，自觉遵循的价值标准。牢记全心全意为人民服务的宗旨，当好人民的公仆。各级领导干部应该自重——要时刻牢记全心全意为人民服务的宗旨。在工作中注意自己的言行，珍惜自己的名誉，待人处事时注意要与自己民政干部的身份相吻合。自省——要经常检查和反省自己的言行，是否符合党中央的政治要求，养成自觉加强党性修养、"每日三省吾身"的习惯。自警——时刻警示、告诫自己，不要违背政治原则和道德规范。当前，特别要筑牢廉洁自律的防线，增强自身免疫力。自励——时刻用理想和事业来激励自己，在其位要谋其政，为党的事业和人民的利益干事，干得越多越好。

再次，努力做好民政工作，关键是要从我做起，一步一个脚印。从严要求，无私心杂念，无个人恩恩怨怨。民政工作都是服务性、社会性、保障性的工作，可以说，全是善事、好事、实事。为此，民政工作者必须树立以大局为重，以党和人民的利益为重，以他人的利益为重的观念。虚不得、假不得、空不得。一事当前，急人民群众所急、帮人民群众所需，心系民政事业、心系民政对象。要有群众观念，在改革开放新形势下，增强群众观念，我认为必须处理好"五个"关系。一是正确处理好"公仆"与"主人"的关系。共产党人在任何情况下、任何时期，都必须清醒地认识到，人民群众是"主人"，我们自己是"公仆"，是为"主人"服务的服务员、公务员，不能有半点含糊和颠倒。二是正确处理好对上级负责与对人民群众负责的关系。作为一个共产党员，一个国家公务员，一个民政工作者，对上负责和对下负责都很重要,二者不可偏废。从某种意义上说,对上负责也是对下负责,对下负责也是对上负责,它们之间是辩证统一的关系,检验对上对下负责的标准只有一条,就是有利于人民群众的利益。三是正确处理群众眼前利益和长远利益的关系。凡事都必须从长计议,千万不要因为眼前利益而损害长远利益,在此,我们不能"因善小而不为,因恶小而为之"。四是正确处理好个人利益与群众的利益。这是共产党员在任何情况下也不能忘记的宗旨,我们要一直坚持党的宗旨。五是正确处理好相信、依靠群众和教育引导群众的关系。相信、依靠群众是工作的出发点,这是无产阶级政党性质所决定的,不能有丝毫的动摇。但是,教育引导群众也是至关重要的。人民群众是推动社会历史前进的动力,而他们往往对党的路线、方针、政策有一个学习、提高、实践的过程,实施正面教育,进行正确引导,不能说是不相信群众,恰恰是相信群众的表现。毛主席曾说过:"严重的问题是教育农民。"反过来说,如果强调教育而无相信,使教育成了教训人、惩罚人的手段,那么这样的教育越多,离群众就会越远,就会遭到群众的反感、反对,不会有好结果。

最后,敢于解剖自己。从某种程度上讲,解剖自己要比解剖别人难得多。难就难在怕出丑、难看；难就难在怕别人不理解，不接受自己的认错，反当自己的罪过；难就难在自己认识不到自己，"看别人豆腐渣，看自己一朵花"。人，什么时候能看到自己的缺点和错误，同时又能及时改正自己的缺点和错误，那么，他就是聪明之人，就会不断进步，也会得到人们的拥护和爱戴，前途就有希望。毛主席说过："人，贵有自知之明。"换句话说，人，难得自知之明。

写于 1999 年春节

随笔话民政

　　局务会对今年1—4月份工作进行了分析总结。我认为4个月的工作有特色、有喜色、有成效,达到了开好局、起好步的目的。表现在三个方面:工作思路清晰,重点明确,决心大。通过传达市政府的会议精神,我认为今年工作有"四大特点",即工作多、任务重、要求高、难度大。在统一思想的基础上市民政局作了全面的工作部署,虽然上下觉得压力大,但对做好今年的工作决心更大,从今天各科室负责人的汇报发言中,完全证实了这一点。工作扎实,作风深入,成效明显。以人为本,抓基础,抓关键问题是1—4月份工作的重要标志。工作切入点明确,全面推进,收效大。在人少事多、点多线长的情况下,从实际工作中注意找准切入点,出重拳、抓关键。首先,要集中精力、财力、物力,抓好新项目和重点工程落实。对此,不能有半点懈怠。其次,要突出重点、难点,为民政对象排忧解难,这是我们的本职。为此,我们要深入调查研究,摸清底子,了解群众想什么、忧什么、需要什么,有针对性地为群众所急、所帮,将好事做好,切实体现民政部门应尽的职责。再次,抓政治理论学习,提高自身素质。当前,民政工作者提高政治素质要在"五个方面"下功夫:政治上忌"糊",思想上忌"腐",生活上忌"奢",作风上忌"飘",工作中忌"懒"。

在抓落实上,我认为:要克服一切困难,竭尽全力抓落实,要尽实心、干实事、谋实利,带领群众真抓实干。在落实上下功夫、见成效。在整个抓落实措施上要注意"四个加强"。一是加强领导力度,领导要在力量调度、资金调度、工作平衡中加强统筹领导。二是加强组织协调,牵扯多个部门的事,作为主管部门就要搭好台、牵好头,组织好、协调好。三是加强责任分工制,各司其职,将责任落实到人,具体到事,打板子打到人身上。四是加强督促检查,形成一级抓一级、一级做给一级看的工作格局。确保目标实现,营造一个好的工作氛围。

写于 1998 年 5 月 8 日

调研谈"调研"

这次在桂东、汝城两县,我们较好地完成了局里给的调研任务。同时,还有意外收获,即对调研的感悟。用四个字谈调研感受:想、知、兴、到。一想:明确指导思想。这次调研活动,不仅仅是对1999年民政工作的年终检查验收,更重要的是对近5年民政工作在改革过程中出现的热点、难点、重点问题的调查研究和总结经验,并以此来指导今后的工作。二知:全知、真知。在调查过程中,要对热点、难点、重点问题进行全面了解。全盘掌握事情的来龙去脉,认认真真分析,得出真实可靠的结论,提出解决的办法。三兴:兴调查研究之风、兴求真务实之风、兴解决实际问题之风。四到：到乡（镇）听汇报、到村看实效、到组看面上、到户面对面了解情况。调研要做到走到基层查实情，深入群众了解真情，千万不要做表面文章，好看不好用。

桂东县1999年民政工作调研结论：

两天来，我们听了县民政局相关人员汇报，看了村务公开栏，了解了群众生活情况，走访了第四次村委会换届选举联系点，说三点感受：首先说总体感觉。桂东县民政局这两年，特别是在1999年，工作思路对、协调关系好、班子内部团结，民政工作成效明显，群众对此是满意的。总评估为"实""新""深""全"。具体来说，实——找准了位子，实实在在地工作；找准了突破口，集中力量攻关；瞄准了热点，一心一意地服务。新——思想观念新，改革思路新，解决问题的办法新，工作成果新。深——基层基础工作功夫下得深，脱贫致富功夫下得深。全——民政工作、民政事业、社会福利全面发展；做一件事就做好，一步一个脚印，一年一个台阶，年年有提高，年年有进步。再说几项突出成绩。

一是老区扶贫工作有加强。近两年，桂东县民政局一直把老区扶贫放在首位抓,以扶贫项目为突破口,扎实工作,锲而不舍地抓落实。年初抓项目立项,搞论证、搞评估、搞核查,一个项目一个项目地跑,做到心中有数,不盲目上,打有准备之仗。年中抓落实项目资金、项目对口、项目地点、法人代表,签订合同。年末抓扶贫资金回笼,对那些扶贫有成效的项目,该收回的资金坚持收回,该继续扶持的继续扶持,办好续放手续。对那些放了一年无效果的沉淀资金该收回的坚决收回,有的即使追究法人代表的责任,也不能放弃资金的回笼。从根本上改变过去那种"上报项目积极、落实项目懒散、回收资金不管"的被动局面。出现"扶一个有一个,扶一点有一片"的好现象。

二是村委会换届后运作正常。桂东县在抓好第四次村委会换届选举工作的基础上,重视抓村委公开选举的落实工作,现在全县村(支)委会工作正常,做到换届有选举:统一布置、统一要求、统一行动,依法换届选举,选举后的村(支)委会,乡(镇)满意、群众满意、当选人乐意。村委有公开:做到全面公开、热点公开、账务公开、村村都有公开。办公有办公室:沙田镇大河村、万寿宫居委会有三层楼办公室,约600

平方米，挂牌上班。实体有收入：大河村村办企业有10家，年纯收入在8万—10万元。班子有作为：年年上报公益事业项目，并纳入小城镇整体规划，村民（居民）直接受益。工作有喜色：近期有安排、远期有规划、目标很明确，并公示于众。村（支）委会有凝聚力，群众信得过，村里有人管事。不存在人难找、事难办的情况，而是随时可以找到村干部解决问题。为民办事有钱：村村有公积金，集体经济年年壮大。村民有章可循：村规民约，自定自约，民主监督，自我约束力增强。

三是勘界工作成绩明显。桂东县的勘界在全市任务最重，省界占全市的三分之一。在勘界工作中始终坚持以理服人——不无端地争吵，不无理取闹；以证据服人，查找历史资料，找现实依据、找证人；以事实服人，尊重习惯线，理顺争议线，依法勘界线。处理得当、得体，得到领导赞同、群众认可、上级主管部门满意。在勘界的实践中，他们不畏千辛万苦做好勘界工作，踏遍千山万水勘查边界线，千方百计做周边群众的说服工作，取得令人满意的工作成效。

汝城县1999年民政工作调研结论：

近几年来，汝城县民政工作在社会化、规范化、法制化方面，做了一些探索。这是形势对我们的要求，是转变政府职能对我们的要求，是服务对象对我们的要求。我认为，汝城县民政工作这几年的探索是有成效的。

对1999年汝城县民政工作的基本评估是："重""实""新"。"重"就是领导重视。体现在听汇报，帮助民政方面解决实际问题，实实在在地支持民政工作。在县政府经费十分困难的时候，对于民政经费从不拖欠、挤占，而是提前预算，余额拨付；各乡（镇）民政助理都配得齐、配得强；各乡（镇）一把手亲自抓民政工作是汝城的老传统。"实"就是在实际工作中始终坚持说实话、办实事，对服务对象服务出实招。"新"就是改革有新动作，队伍建设有加强，局容局貌有新改观，民政事业有新发展。整个班子想事、谋事、做事，脚踏实地为人民服务，是战斗力过硬的班子。有以下几项工作成效明显。

一是第四次村委会换届选举有成效。做到依法换届，按上级要求的时间、方法、步骤进行。同时，并重民意，选出村（支）委会主要负责人。整个换届过程组织得力、指导有方、宣传广泛、工作扎实、效果明显。选出的班子成员，文化程度高、年轻化比例高、凝聚力增强。从根本上改变了只拿补贴、不为群众办事，只自富、不带领群众致富，不为民谋利益的被动局面。

二是村务公开有特色。村村公开、全面公开，并且把公开的内容印发至村民小组和村民代表手中。不是形式上的公开，而是实质性的公开；不是部分公开，而是全部公开；不仅政绩公开，而且问题公开，办法也公开。总之，大事公开、热点公开、账务公开，有的村扩大到组务公开。以此推动农村经济的发展，增强村委会的凝聚力，促进民主政治建设、促进农村精神文明建设。

三是"双拥"工作在解决"三难"问题上有新的突破。解决群众住房19户，投资9.5万元。解决生活困难群众（提高标准）1535人，投资20.1万元。普查调整优抚"双定"对象23人。按政策安排退伍军人28人，全年走访慰问军烈属（困难户）1200人次，支出慰问金4.3万元。

四是其他工作得到巩固和发展。基层基础工作巩固、提高，乡（镇）民政办、村委会办公室办公条件得到改善提高；救灾救济工作上下重视，落实工作科

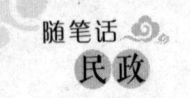

目（救济款上面拨与地方配套）30万元，起到了救济、安置的作用，帮助灾民渡过难关；勘界工作圆满完成任务，社团管理及社会事务管理取得新进展。

写于2000年1月8日

四、城市低保篇

建立低保制度

我国改革开放和现代化建设已经进入一个新的历史发展阶段。随着社会主义市场经济体制的逐步建立，我国社会保障和社会救济的新问题就显现出来了。在城乡建立社会保障制度，是党和政府解决这一问题的重要举措。这一重要举措既是改革开放和现代化建设的必然，又是社会主义制度的必需。

郴州市为尽快尽早建立城市居民最低生活保障制度，当即成立了以常务副市长为组长的领导小组，下设办公室，我被抽调担任办公室主任。办公室是整个建制中具体抓落实的机构，开展此项工作有以下几个方面的目的和意义：

随笔话
民 政

一是上面有精神。逐步建立城市居民最低生活保障制度,帮助贫困人口解决生活困难。这是适合我国国情的一种保障办法。民政部要求各级民政部门要将其作为民政工作的重中之重抓紧抓好。

二是群众有要求。实践使我们认识到,现阶段社会救济中出现了"五种新情况"(企业深化改革,失业救济期满尚未再就业的职工逐年增多;长期亏损企业,部分职工家庭生活困难;新增了一些特殊困难的残疾人家庭,此外,富余人员向社会分流,其中患病、智障者逐渐流散到街区,成为新的困难户,需要社会救济;物价涨幅过高,人们的价值观念、道德观念受到冲击,一些由亲朋接济的鳏寡孤独和无劳动能力的病残人员被推向社会,包括治安的加强,刑满劳教释放生活无着落人员不断增加;物价增幅过快,既加大了应救济未救济对象的困难,也使救济对象生活难以得到基本保障)和"两个不适应"的问题(救济对象的范围不适应,救济的标准不相适应)。为此,改革中出现的问题,必须用改革的办法来解决。我们认为,市场经济体制有利于实现社会资源的最佳配置与生产经营的高效率,但它不能解决多种原因造成的社会差别以及竞争中弱者、失败者的问题,只有通过政府的干预和建立社会安全网来保障人民的生存及基本权益。

三是外地有经验、做法。自1993年起，上海市在全国发展最快，到目前为止有100多个城市建立了社会保障制度。我省长沙、株洲二市也已启动社会保障制度。我们已经滞后了，形势逼人，时不我待，必须加快步伐赶上，从长沙市实施的经验看，社会效益很好，可以说产生了轰动效应。群众反映，这是党和政府为人民群众办了一件大好事，深得民心。长沙市人民政府体会到：这是政府为社会建立的最后一道"安全网"，这是一项"德政工程""形象工程""稳定工程"。

建立城乡社会保障制度是国务院赋予民政部门的一项新任务。其工作面广，保障对象多，政策性强，工作量之大。可想而知，做好这项工作，必须按以下程序进行。坚持以下"五项原则"：政府保障的原则，建立社会保障制度是一种政府行为，其资金主要由市、县（区）两级财政共同负担，外地经验是1:1分摊。长沙市市长说："出钱买'稳定'值得。"保障基本生活的原则，即最低层次的保障，最后一道"防线"，具体在调查之后实施。权利平衡、标准有别的原则。相关性原则，要与低工资标准、特困企业、职工生活补助标准、离退休人员工资标准及社会养老、失业、待业、医疗保障制度相衔接，相配套，以家庭保障为补充。保障生活与引导就业相结合的原则，对有劳动能力、生活暂时无法维持的救助对象，在保障其基本生活的同时，要积极引导就业。强调自食其力，对有能力自食其力而又不接受就业引导和安排的，届时可取消其保障资格。总之，低保制度要充分体现"救穷不济懒，济贫不济富"的原则。

实施范围和保障对象。从郴州市实际出发，由点到面，逐步推进。郴州市计划1997年6月底以前，针对城市这一块，拟在北湖、苏仙两区试点，下半年在全市农村展开，争取在年内全部出台"两个制度"的方案。救济对象的确定应坚持属地原则，以户口所在地为准。城市救助对象为原民政部门承担的市区居民中的定期救济对象和临时救济对象；市区居民新增的"三无"对象（无固定职业、无固定收入、无法定赡养和抚养义务人），暂时没有介绍，也找不到职业，不能维持基本生活，需社会救济者。在农村主要是将原有的救济渠道规范化、系统化、条理化、制度化。特困户和需要救助的贫困人口，使其有基本生活保障，能及时得到政府和社会的救助。

实施步骤。根据因地制宜、稳步推进、逐步完善的工作指导思想，我市拟分"五步"走。调查摸底，全面准确地掌握救助对象情况；依据我市市民起码的生活必需品的物价指数和城市保障制度中其他相关的政策，科学地确定好最低保障标准；市政府颁发实施城市最低生活保障制度的相关文件，对实施该政策的重大意义、范围对象、保障标准、经费来源、工作程序等作出明确的规定；按工作程序办理有关手续，大体程序是：凡符合保障条件的家庭（个人），由户主向所在居委会提出申请，经居委会调查核实后填写《郴州市居民最低生活保障金申请审批表》，由街道办事处（乡镇）审查复核后，报区民政局审批，最后，报市民政局备案后发给郴州市最低生活保障金领取证，凭证按月到街道办事处（乡镇）领取保障金；市、区两级政府按1：1比例拨付，其保障金列入财政预算，将资金拨付到区财政局账户上，以便按月及时发放。

当前工作中需要解决的几个问题。提高认识，加强领导。事实证明，这件事的确是件好事，深得人心的事，得人心的事要坚持不懈地做，"好事要办实，实事要办好"。办好这件好事，关键在领导，根本在认识。认识提高了，大家形成共识，积极参加，认认真真地做就一定能做好。领导要亲自抓落实，要把这项工作当作讲政治、讲大局、讲稳定的大事抓紧、抓实,千万不要出了问题才重视。还有就是各有关部门通力合作,各负其责,尽职尽责。民政部门责无旁贷,并负责搭台,各部门同台配合工作。教育、水电、卫生、房屋等部门,也要制定相应的救助办法,与市政府的方案一齐出台。再就是筹集资金,保证制度出台后,能正常运转。从外地的经验看,只要方案制定合理,实施后结果会比预期要理想得多,且合理性需由实践来检验。另外,制度运营后需要长期实施,动态管理,需要专门管理人员和办公经费(列入每年预算)。切忌采取权宜之计,视为短期行为。

写于 1997 年 3 月 11 日

调查摸底测算

随着改革深化和市场经济体制的逐步建立，解决城市贫困居民生活困难问题越来越引起党中央、各级政府的重视，其重视程度不亚于农村扶贫。有的大中城市建立城市居民最低生活保障制度好几年了。实践充分证明这项制度的建立起到了稳定社会、安定民心、促进经济体制深化改革的作用。

郴州市是 1996 年年底开始着手试点的。1997 年 6 月底就完成了郴州市城区这一块的调查摸底和测算。1997 年 10 月份经领导小组研究决定，我市城区居民最低生活保障线的标准确定为 120 元，并同意出台实施方案。正在这个时候，上级相关部门指示，在统计对象、测算方法上作了适当调整。原计划1998年1月1日出台的方案，现在只好推迟到1998年7月1日出台并同时实施。从工作进展来说，虽然我们起步晚，但在全省不算落后。下面具体汇报对贫困居民调查摸底的情况。

一是加强领导，精心组织。在领导小组办公室统一布置安排下，整个调查工作由市、区民政局直接组织，街道办事处具体实施，居委会逐户调查登记，仅市中心城区这一块就有300多人参加调研活动。二是加强宣传发动。市里先后召开两次民政局长、办公室主任、街道办事处主任参加的专题会议和居委会主任参加的调研动员大会。印发调查问卷2000余份，并组织有关人员到外地学习，深入两个居委会试点。三是加强指导，严格把关。这次调查的主要内容是市、区内城市贫困家庭基本消费情况，涉及面广、情况复杂。为了准确掌握贫困家庭的全面情况，采取了"三统一、两结合"的方法，即统一调查表格，统一调查标准，从平均月收入100元以下的城市贫困居民中展开调查，统一调研项目；实行典型调查与面上调查相结合，走访座谈与问卷调查相结合，并派专人深入居委会做具体指导。四是加强协调，统一造册。在深入居委会调查和到市物价、劳动、统计、工会等部门走访调研的基础上，采取居委会逐级造册，办事处分类统计，两区民政局严格把关，市民政局累计、分析的办法，最后得出调查结果，为郴州市建立城市居民最低生活保障制度提供了可靠依据。

经过摸底统计，北湖区、苏仙区6个办事处146个居委会（含家庭居委会，加上柿竹园、玛瑙山、711矿）共有66065户235988人。其中月人均收入低于100元的贫困居民1373户4719人，分别占总户数和总人数的2%。从我市城区居民基本生活必需品的量和物价指数的实际情况出发，并综合考虑"低标准起步"和与周边城市相衔接等因素。我市城市居民最低生活标准初定为月人均100元，其中由政府实行差额补助平均60元／人。为了保障城市贫困居民的基本生活，按要求这笔资金应列入财政预算专户、专账管理。我们概算了所需保障资金3397680元，按市、区两级财政1∶1比例分摊，各1698840元。这里还顺便汇报三个情况：（1）贫困居民最低生活必需品消费情况。（2）我市市属企业有19家困难企业，其中第一批宣布的8家，职工总数2095人，下岗职工953人，贫困职工256人。（3）虽然，我市恩格尔系数逐年下降，但是贫困群众仍然不可忽视。按照国家标准统计，恩格尔系数在50%—59%，属于温饱型；40%—49%属于小康型。据预测：随着我市经济的迅速发展，从1997年至2000年，恩格尔系数下降至44%，全国45%，比全国低1%，贫困面还有2%，预测到2000年还会降低0.8%—1%。

在我市尽快建立城市居民最低生活保障制度，势在必行且刻不容缓。为此提出以下几点建议：全市上下必须统一思想认识，形成共识，增强保障意识。随着改革开放不断深入，我市国民经济得到长足发展，人民生活水平明显得到提高。这是客观事实，不可否认。但是，在深化改革和经济调整中，也出现了一些困难和问题。比较突出的是，部分国有集体企业生产经营困难，亏损面扩大，一些企业出现了停产、半停产状态，职工待业、工资减发，致使相当一部分职工生活面临着困难。加上在市场竞争和物价上涨中，部分城市居民因各方面的原因，出现了原来生活贫困的尚未脱贫，原来生活有一定保障的又陷入了贫困，这一切已成为影响社会稳定的潜在因素，必须予以高度重视。因此，要充分认识建立城市居民最低生活保障制度的重要性和紧迫性，加快郴州市城市居民最低生活保障制度建设的步伐。

强化政府责任,明确民政职责,增加财政投入。城市居民最低保障制度是一项社会保障制度建设,是完善社会保障体系的重要内容,是人民政府义不容辞的责任。民政部门对此有着不可推卸的职责,其资金来源必须是持续稳定的,靠社会资助和政府临时拨付是不行的。因此,保障资金必须列入政府财政预算,并采取财政分级负担的办法到位。还需要说明的是,对在建立最低生活保障线以前已经实施的各类救济办法和经费渠道,不能因这项制度的实施而改变或终止。

理顺工作关系,强化规范管理。整个建制工作在市委、市政府领导下进行,各有关部门必须紧密配合。民政部门报政府同意,统一制定救助方针、政策,统一确定救助标准,负责救助资金的调配和发放,检查监督各街道、居委会和各单位的执行情况。同时,规范工作程序,严格操作,采取个人申请,居委会和街道办事处核实,报经民政部门批准,市民政局备案的办法,保证救助工作的准确性和及时性,并建立网络,实现动态管理。

采取有效措施,制定配套政策。城市最低生活保障制度是整个社会保障体系的一部分,保障面大,保障程度较低,是社会保障的最后一道"安全网"。针对这种情况，政府还必须出台一些相关的配套措施和政策。如：已经实行发放的"特困职工证"，给予减免子女的学杂费、房租、水电费等等措施、政策继续执行。同时，要大力发展社区服务，从多方面缓解贫困居民的实际困难，保证城市贫困群体的基本生活，促进社会稳定，使之解困、帮困、扶困，形成和谐的社会氛围。

写于1998年5月27日

调查摸底汇总

　　这项专题调查，由于各级领导重视，市、区两级民政参加调查人员的努力，调查时间虽短，但效果甚好，令人满意。具体有以下几个特点：一是组织严密。表现在领导重视，亲自带队，上下互相配合，大家齐心协力同演一台戏，同唱一个调，竭尽全力搞好调查摸底工作。确实做到了组织严密、发动充分、调查广泛。二是方法得当。表现在以点代面，全面铺开，深入发动，层层动员，培训骨干，掌握方法，确定标准，有的放矢。三是工作认真。表现在抓关键人（居委会、办事处两级主任），层层落实到户，认认真真填表，实实在在统计，扎扎实实调查。市局办公室深入检查督促，力求圆满成功。

随笔话
民政

通过调查取得"三个放心",即对郴州市城区贫困底子摸清了放心,对所调查的贫困对象比较准确放心,对调查所统计的数字放心。换句话说,整个调查做到不虚、不假、不空,实实在在无水分。这次专项调查时间短、内容多、人少、要求高,而做到成功调查,我们有三点体会。

体会一:加大宣传力度,形成共识,有了合力。实践充分证明,凡事只要把政策交给群众,把道理讲清,把意义讲明,群众还是相信党和政府的,并能自觉地配合做好调查工作。起初,担心"引火烧身",自寻烦恼,民政部门是自找苦吃。实践证明,这些担心全都是杞人忧天。

体会二:相信群众,依靠群众,就会达到事半功倍的效果。我们的宗旨是全心全意为人民服务。首先,要相信群众,依靠群众。办任何事情都必须切合实际,从人民的根本利益出发,服务于人民,不要有私心。以权谋私的事情做不得,以职谋利的事情不能沾,应无私无畏办实事。不要"做歪嘴和尚念歪经",中央的政策是正确的,人民群众是信得过的,关键是我们如何传达好、执行好政策。做到传达不走样,理解不掺假,执行不偏心。不要偷懒,要自觉做到勤于动脑、勤于谋事、勤于工作、勤于服务。只要我们真心实意为人民办好事、办实事，即使工作效果一时不佳，或出了偏差，也是个人能力问题，人民群众会理解、会谅解的。总之，不要怕群众，不要欺骗群众，诚心诚意服务，老老实实用权，正正当当谋事，奉献，再奉献，人民群众一定会满意。

体会三：进行正确的业务指导。自身必须懂业务，学习业务，钻研业务。在改革的年代里，新的东西层出不穷，我们要驾驭历史前进的车轮。要有所作为，就必须努力学习，钻研业务知识，在自己的岗位上，在自己的职权范围内，充分发挥聪明才智。爱岗敬业，努力创新，干出一番政绩，为党的事业贡献自己的微薄之力。对于这项民政工作新业务，我们是边学边干，借鉴别人的经验，结合本地区实际，创造性地开展工作，并取得了令大家满意的结果。

写于 1998 年 10 月 16 日

随笔话
民政

确定标准对象

　　今天，主要向领导小组汇报确定对象，核定标准的情况。根据相关文件精神，制定城市居民最低生活保障制度，必须从郴州市的实际出发，在整个工作过程中，要注意抓好"三个关键"。

　　一是制定并出台方案，关键在于摸清底子。我市是边缘山区，也是经济欠发达地区，尽管通过改革开放，这些年经济发展迅速，人们的生活水平得到很大提高。但是，由于起点低，城区内的贫困户及其生活困难的现状不容忽视。我们在入户调查时发现，有"三个没想到"：没想到郴州市城区竟然有那么多贫困人口；没想到还有那么大的贫困面，起初，按 120 元的摸底线，有

4000多人，约占城区总人口的1.5%，现在，按100元标准统计也有2857人需要得到保障；没想到郴州地区也有这么多的下岗人员，他们吃的是黄叶菜，喝的是米汤水，住的是低矮房，睡的是稻草床。在后裕街、南关上、札上街这些纯居民居住的密集老城区，市民能享受的现代生活，只是有了电灯，街道拓宽了，可以坐单车、摩托车，修了无害化卫生厕所。其他，与1949年前没有区别。为此，我们只能从"三低"的角度制定方案：低起步，以100元为保障线；低水平，保证不饿死、冻死人；低保障，保障基本生存权。我们的方案就是在这个基础上制定出台的。

二是确定救助标准，关键在于测算准确。最低生活保障制度是深化改革的配套制度，同时是政府行为，财政要拿钱，要动真格地救济。为了实施准确的保障救济，我们在摸清底子的情况下，关键在于确定好救助标准，使该救济的救济到，不该救济的一个也不能享受这项特殊政策。保证财政负担得起，拿得出，保障制度能稳得住，并有生命力。为此，我们在家访的基础上，又进行了市场物价和相关政策的衔接，并采用"恩格尔系数法"和对比法。从郴州市城区的物价即菜篮子的实际需求进行科学分析测算，确定了100元的低保线，即"月收入减除月需求（支出）等于月补助的救助标准"。我们这个测算结果，既相对合理，又合法，既负担得起，又行得通。基本做到救助对象乐意、人民群众满意、财政愿意的"三意"实施方案标准。

三是层层把关，关键要做到"三公"，即公平、公正、公开。最低生活保障线制度的实施，使贫困居民的最低生活有所保障，这是党和政府在新的历史时期为人民服务做的一件实实在在的好事。既是一项形象工程，又是一项鱼水工程，有利于深化改革，有利于社会稳定，有利于经济与社会协调发展。要把这件好事办实，作为职能部门（民政、财政）在具体工作中每走一步，每实施一项具体政策，都要做到：宣传入户、工作到家、落实到人。在审核确定对象和补助金时，注意听取周围群众的反映。到目前为止，整个工作实施过程中反映正常、运转正常，没有出现无理取闹、登门上访、公开要救济的不正常情况。现在如果兑现救助金，相信会得到越来越多人的拥护和赞扬。

最后，汇报审核结果。第一批确定，市中心城区总的保障对象，1311 户，2844 人，月保障金需要 127514 元，其中企业 223 户，552 人，月保障金 101309 元 ×12

个月=1215708元，1215708元÷2（1∶1）=607854元。也就是说，市财政每年负担607854元，两区财政每年负担607854元。

说明：中省企业不能同步进行的原因。因为要经省财政厅、民政厅审核，我们只是将（金额）花名册报给省财政厅和省民政厅即可。补发时间，按郴州的发放时间，1998年12月起。

写于1999年2月8日

五、学习思考篇

学《决议》 强硬功

《中共中央关于社会主义精神文明建设指导方针的决议》（以下简称《决议》）是我党建设史上具有里程碑意义的重大决策。加强社会主义精神文明建设，事关改革开放的成败，关系着执政党的地位和作用，事关大局，势在必行。

学习《决议》特别要在改造世界观上下功夫，在落实行动上下功夫，结合思想实际着重解决三个问题。

一是解决认识问题，从零做起。当前，对于加强精神文明建设，存在一些模糊认识。如：多与少、早与迟、自己与他人、上面与下面等问题。实事求是地说，这些问题在我们的队伍中都有不同程度的存在。然而，如何解决这些问题，我认为，只有通过学习《决议》提高认识，用《决议》的精神统一全国各族人民的思想，形成共识，从零开始。

二是解决"偏见"，从我做起。现在有种说法，加强精神文明建设关键在上面。我认为，这就是最大的"偏见"，这个问题如果不解决，精神文明就搞不好，《决议》落实不了，反而怨声载道。纠正"偏见"既要从大局着眼，又要从小处着手；既要相信党中央有能力、有办法解决目前社会上存在的一些不文明现象，又要注重个人的力量。例如：移风易俗，红白喜事从简，这是多年来提倡的，但就是落实不了。并且，规格越来越高，规模越来越大，其中，浪费不可估量，原因在于个人。不少人认为，一生只结一次婚，丧事一样，我只有一双父母，办得简单了自己过意不去，别人不满意，不如多花点钱，顺大家的意。所以，我们要明白一个道理，任何时候自己都不能搞特殊，你是大家中的一员，没有一员就没有大家。精神文明更是如此。人人都从我做起，说文明话，做文明事，当文明人，领导干部更应身先士卒，上下配合，精神文明一定会开鲜花、结硕果。

三是解决畏难情绪，从现在做起。《决议》的确是个好决议，没得说。但是，要真正落实，难度蛮大，困难不小。究竟难在哪里呢？我认为最关键的难在等、看，难在怕碰硬、怕捅马蜂窝、怕自己下不了台。从现在做起，克服"怕"字，树立"敢"字。知难而进，一件事一件事地做，一个问题一个问题地解决。人人、事事、处处都从自己做起，就没有克服不了的困难，没有解决不了的问题，精神文明建设一定会取得伟大的成绩。

学习《决议》要联系工作实际。精神文明建设，具体体现在每一件事、每一项工作中。民政工作绝大部分属于精神文明范畴，做好民政工作，就是直接落实《决议》，为精神文明建设建功立业。最近，局党组分工，让我抓城市居民最低生活保障制度建设这项工作。这是一项民政工作的新业务，是件好事，也是件难事。从开始接触这项工作，我感觉到，要把这件利国利民的好事做好，还是不容易。我在岗工作的时间不多了，能在离岗之前做点实事，是我最大的心愿。

这些年在工作实践中，让我深刻地体会到：好事要办好，办不好就会坏事，甚至会祸国殃民。要把好事办好，我认为要练好"五功"。一是练好基本功，认真学习邓小平理论，努力改造自己的世界观，提高政治素质，提升思想观念并适应形势发展的需要。二是练好内功，在市场经济条件下，认真学习科学技术，提高自己的业务素质，使之适应做实事的需要。三是练好硬功，好事、难事、实事，凡事要么不做，要做就必须下决心、全心全意地做好，并经得起历史的检验。四是练好"忍功"，凡事都不会一帆风顺，逆境时有，顺境时也有，遇到困难，必须要下决心去攻艰克难。忍耐是高素质的表现，忍中有力量，小不忍坏大事，忍中求胜。五是练好"技功"，科学发达的时代，必须要以科学的态度求得事业成功。思考问题、分析问题，首先要调查研究，同时要以科学的态度去求生存、谋发展。总之，无论练什么功，都要以忠于党的事业、忠于社会主义为首任，做事对得起列祖列宗。

写于 1998 年 9 月

转变干部作风

实践一再证明，大政方针确定之后，一个地方、一个部门、一个单位的工作如何，主要取决于那里干部的工作作风、执政水平、政治素质。在我们的各项工作中，一些问题之所以不能得到有效的解决，其中一个重要的原因，就是我们的基层工作薄弱，干部工作作风还存在不少问题。转变干部工作作风，实际上已经成为做好各项工作，特别是基层工作的关键所在。下面我从三个方面谈谈个人的看法。

第一，转变干部工作作风，密切联系群众，就会有凝聚力和战斗力。应该充分肯定，我们的广大干部，特别是乡镇基层干部，他们在工作辛苦、生活清苦、环境艰苦的"三苦"条件下，无疑做了大量有益于人民群众的工作。为发展农村经济、维护社会稳定做出了重要贡献，也涌现了一大批德才兼备的好干部。但是在社会主义市场经济条件下，我们的干部队伍中确实存在这样和那样的问题：有的害怕艰苦，贪图享受；有的图虚名不讲实效；有的工作不细，态度粗暴，"动不动三分钟，再不动龙卷风"；有的买官要官，放松工作；有的请客送礼、拖拖拉拉；有的封官许愿，搞团团伙伙；有的造谣告状，恶意伤人。这些问题虽然发生在少数干部身上，但是影响极坏、危害极大。我们必须十分明确，尽管在发展社会主义市场经济条件下，我们面临的形势和任务变了，但是党员、干部为人民服务的宗旨不能变，艰苦奋斗的精神不能变，深入实际、联系群众的工作作风不能变。所有干部特别是领导干部，都应继承和发扬党的优良传统和作风，以更高的热忱，更多的精力下基层进农户，多与平民百姓交朋友，与农民群众心连心。自觉做到"早上一身露水，雨天一身泥水，晴天一身汗水"。了解人民群众想什么、希望什么、需要什么，切实关心他们的疾苦，帮助他们排忧解难。只有这样，才能增强各级党组织的凝聚力和战斗力，扭转党员、干部的消极心理，唤起他们投身社会主义现代化建设的热情。

第二，转变干部作风，深入人民群众，就能找到发展的新路子。我们要完成社会主义现代化建设宏伟目标，只依靠少数人的才能和智慧是绝对不行的，人民群众是真正的英雄，毛主席早就说过："人民，只有人民，才是创造世界历史的动力。"社会主义是亿万人民群众的创造性事业，改革开放以来，我们国家各项重大方针、政策、措施，无一不来自人民群众的智慧。只有充分相信群众，坚持依靠群众，为群众排忧解难，切实做到讲科学不要蛮干，讲政治不要感情用事，讲实效不要图形式，我们才能战胜前进道路上的困难和挑战，不断探索现代化建设的新规律，开创改革和发展的新局面。

第三，转变干部作风，是正确处理各类矛盾、维护社会稳定的需要。我们正处在前所未有的国家改革开放的大变革中，不仅社会经济成分和利益格局等方面出现了多样化，人民的思想观念和价值取向也出现了许多新情况，各种社会矛盾由此而变得相对复杂起来。在这种情况下，有的同志错误地认为：行政命令不行了，思想工作不灵了，经济调节没有钱，法制管理没有权，老办法不能用，新办法不会用，硬办法不敢用，软办法不顶用。如果我们的干部因此而脱离群众、脱离实际，就难以正确处理各类矛盾，弄不好还可能激化矛盾，在基层引发群体性事件，破坏一方安宁。

　　转变干部作风，要求我们的干部，以诚待民，与群众建立深厚的感情，求真务实，做到言必行、行必果。严于律己，树立良好的形象；加强修养，切实提高自身素质。最终达到密切干群关系、促进经济发展、确保社会稳定的目的。

写于1998年4月

践行宗旨增意识

在改革之年，我们共产党员尤其要践行党的宗旨。全心全意为人民服务，以人民的利益为根本出发点，自觉增强六种意识。

增强忧患意识。我国已进入全面建设小康社会、加快推进社会主义现代化的发展阶段。全党同志要居安思危，增强忧患意识，不骄不躁，继续全面推进改革开放和现代化建设，为到本世纪中叶基本实现社会主义现代化而努力奋斗。

增强党员意识。毛主席曾指出，我们共产党员不能把自己混同于老百姓，不能把自己降低到一个普通老百姓的水平。并且强调要严肃地、坚决地保持共产党员的共产主义的纯洁性。在当前市场经济情况下，强调党员意识是十分重要和必要的。

增强奉献意识。奉献精神是社会主义精神文明建设的重要内容，在市场经济条件下，这种意识不但不能淡化，还必须大力弘扬。只有具备了这种意识，才能从根本上消除损人利己、损公肥私、拜金主义、以权谋私、欺骗勒索等有损于国家和人民群众利益的行为，保证社会主义市场经济建设健康发展。

增强敬业意识。无论是什么样的经济模式，不论进行什么样的经济建设，都需要一大批踏踏实实、吃苦耐劳、勤勤恳恳的敬业者。敬业精神是对工作、对事业全身心忘我的投入，在当前大力发展社会主义市场经济的洪流中，需要大量在日常工作中敬业吃苦的人，敬业精神是永恒的时代精神。

增强全局意识。社会主义事业是一个统一的整体，不能只从个人利益或本部门利益出发，更不能因为小集体利益而不顾或损害全局的利益。增强全局意识，树立全局观念，就是要以全党全国的大局为重，创造性地推进社会主义市场经济建设。

增强创业意识。要继承过去的宝贵传统，并在此基础上弘扬艰苦奋斗的精神，不论什么时候，都要树立努力奋斗、艰苦朴素、勤俭节约的观念，抛弃松散拖沓的工作作风，保持拼命工作的劲头。

写于 2001 年 7 月

随笔话
民政

"倒空"才能发展

有人说:"沉迷于过去就等于死亡。"这绝不是一句危言耸听的话。郴州市民政局过去这些年的"辉煌"是有目共睹的:大到国家级、部级、省级,小到市本级的奖牌挂满了510会议室。但是,这只能代表过去,万万不能当成包袱压在民政人的身上。现今,全局的干部职工都必须要"倒空"过去,从零开始,以崭新的姿态面对未来。

不"倒空"过去,就不能与时俱进,等待自己的就只能是被淘汰。如此说来,我们究竟如何才能告别对过去的膜拜,用时不我待的心态来与时俱进呢?我有几点想法说给大家参考。

第一，告别过去的旧观念、旧认识、旧习惯。这是一个十分艰难的跨越。因为旧的一切都是自己所熟悉、习惯的，猛然与其告别，必定会有些舍不得或痛苦，但是只有将这一切先"倒空"，才能够清楚地分辨哪些可以保留，哪些必须放弃。第二，不要害怕迷惘困惑、痛苦无助。刚刚告别过去，我们必定会暂时茫然不知方向，痛苦地寻找出路，这个时候就需要忍耐与坚持。这个时候可能会出现两种情况，或者说成为两种人。一种人忍受不了这种痛苦与茫然，害怕走向未知的前方，因此退回到过去，继续他们对过去的膜拜和留恋；另一种人则忍受了"阵痛"，不断前行，那么，即使他们暂时还没有开创未来，但是必然有未来。第三，迎接新的开端。凡是坚持下来的人，他们就会把握时代的脉搏，跟随时代的步伐，走在时代的前沿，引领时代的浪潮。告别对过去的膜拜，用谦虚的心态开拓现在，与时俱进，才能赢得新的更大发展。

写于2009年（郴州民政网发稿）

六、杂事录记篇

而今学雷锋

有人说，1960年代的雷锋精神，今天还搬来学，有必要吗？而今与1960年代相比，形势发生了深刻的变化，经济有了较大的发展，物质生活极大地丰富，人们的思想观念也大不一样了，现在考虑问题是如何按经济规律办事，以本小利大搞商品生产等。认为雷锋精神不合味了，不合拍了。肯定地说：这些认识是错误的，雷锋是在和平时期，在平凡的工作中做出了不平凡的事迹，而这些不平凡的事迹都闪烁着共产主义的因素。所以说，雷锋是社会主义历史时期的共产主义战士。

1960年代学习雷锋精神，1980年代的今天学习雷

随笔话
民政

锋精神，其必要性：一是雷锋是时代的楷模。我们建设有中国特色的社会主义，由社会主义过渡到共产主义，需要雷锋精神激励着千千万万共产党员、青少年为之奋斗。二是雷锋是伟大的共产主义战士。什么是共产主义？怎样做才能成为共产主义战士？时至今日，我们队伍里的大多数人（包括一部分青少年）是不清楚的。把雷锋的名字与共产主义等同起来，正是因为雷锋的事迹闪耀着共产主义精神。使大家一目了然知道什么是共产主义精神，怎样做一名共产主义战士。为此，要做一名共产主义战士，树立共产主义精神，不是一朝一夕的事，学习雷锋也就不是一朝一夕的事。1960年代要学，1980年代的今天要学，1990年代以后还要学。即使是物质生活比较丰富，只要我们从事的是社会主义现代化建设，都要以雷锋为榜样，树立共产主义精神；即使到了共产主义，也需要雷锋精神，所以，我们要始终学习雷锋精神。

什么是雷锋精神？雷锋精神就是周总理题词，也是雷锋在日记中写的"四句话"：对待同志要像春天般的温暖；对待工作要像夏天一样火热；对待个人主义要像秋风扫落叶一样；对待敌人要像严冬一样残酷无情。

余秋里说："雷锋精神就是共产主义精神，就是全心全意为人民服务的精神，就是热爱党、热爱社会主义，刻苦学习、艰苦奋斗、大公无私、助人为乐的精神。雷锋精神体现了我们的党和人民军队的宗旨，体现了我党、我军的优良传统。"学习雷锋和发扬雷锋精神，对加强精神文明建设，推动物质文明建设，都有极其重要的作用；学习和发扬雷锋精神，对于坚持四项基本原则，反对资产阶级自由化，更好地贯彻改革、开放、搞活的方针，继承和发扬我党我军的优良传统，加强思想政治工作，引导青少年健康成长，具有现实而深远的意义。那种认为雷锋精神过时了的说法是不对的，作为体现社会主义、共产主义思想道德的雷锋精神，具有强大的生命力，今天没有过时，今后也永远不会过时。

学雷锋，学什么？

第一，学习他刻苦学习的钉子精神。在今天进行社会主义现代化建设特别需要这种精神。现在，学习的条件优越了，可是有的青少年不珍惜，害怕学习，甚至厌学，把时间消耗在吃喝玩乐上。学习的目的是提高理论知识、科学知识、法律知识，增强识别能力、增强政策

水平，增强事业心，有利于正确执行党的政治路线，有利于按马克思列宁主义的基本原则指导实践，有利于抵御腐朽思想的侵蚀。

第二，学习他大公无私、全心全意为人民服务的精神。雷锋在日记中写道："人的生命是有限的，可是，为人民服务是无限的，我要把有限的生命，投入到无限的为人民服务之中去。"雷锋这种崇高思想是大公无私精神的生动体现。在改革开放、搞活经济的新形势下，我们更要大力发扬这种精神，抵制自私自利、金钱至上、唯利是图等资本主义、封建主义腐朽思想的侵蚀。

第三，学习他勤俭节约、艰苦奋斗的精神。这种精神在革命战争年代需要，现代化建设时期同样需要。不仅在生活水平较低的情况下要艰苦奋斗，即使在生活水平较高的情况下仍然要艰苦奋斗。

第四，学习他严守纪律、脚踏实地干事业的螺丝钉精神。螺丝钉精神就是从事业需要出发，热爱本职工作，干一行爱一行、钻一行。这是国家建设的需要，是每个人应具备的品质。我们现在有的人不安心做民政工作，认为民政工作事多繁杂，被人看不起，低人一等。我们要以雷锋为榜样，兢兢业业，埋头苦干，在本职岗位上充分发挥自己的聪明才智，做出不平凡的贡献，以此让百姓爱戴。

写于 1986 月 3 月 5 日

感悟"忍"

曾国藩曾有三句至理名言：一是"好汉打脱牙齿和血吞"，其意即当人生遭受巨大打击时，要能默默忍受，以等到希望的出现；二是"居官以耐烦为第一要义"，其意即做官一定要以忍耐来自我约束，以防止浮躁而铸成大错；三是"养活一团春意思，撑起两根穷骨头"，其意即做人要有骨气，任何时候都要耐得住寂寞，而不放弃希望。曾国藩有大智、大勇，而他的大智、大勇全在于善忍，表现在：官场失意，忍忿；同僚排挤，忍气；战争溃败，忍辱；名利不收，忍欲；功德震主，忍嫉……他以过人胆识和高超手腕"忍小忿以就大谋"，玩尽权力场上的隐忍术，化逆境为坦途，屡历艰险而成功！其书读来孜孜不倦，百读不厌，我无能效仿，但佩服有加。现代人最需要的是"忍"，忍字当头成就事业、成就大业，得民心也。

说到这里，我想起古代著名思想家孔子说过的一句名言："小不忍则乱大谋。"虽然平民百姓不会有大谋，至少也不能乱了眼下的方阵。为此，我的晚生决心以"忍"面对人生、面对现实。话又说回来，"忍"，不是说"忍"就能"忍"。人生在世和为贵。"忍得一时之气，免得百日之忧。"

写于1999年5月4日

做人的原则

人活在世上最重要的是人格。人格，即道德品质，它的作用如同人生理上的脊椎骨一样，是人精神上的脊椎骨。人们毕生追求健全的人格，并努力使之走向高尚，人格是逝去的人留给世界最后的凭证。人格不死，人格是无形的，又是有形的，人们常从某人的言谈举止来判定其人格高尚与卑微。当然，一个人的人格好不好，思想境界高不高，主要看他的实际行动，而不是听他的豪言壮语。我要说，人生有时可能失去许多东西，但是，什么东西都可以丢弃，唯有人格万万不能丢弃。丢了人格，人便失去了灵魂，只剩下空壳躯体。正因为如此，面对金钱与淫威都不能屈服。要尊重人格，就要自觉地做到：为人要诚，虚不得；处世要真，假不得；做事要实，空不得。光明正大谋事，堂堂正正用权，任何时候也不能忘记是人民给的权，要用到为人民服务中去。

写于1998年7月1日

随笔话
民政

学习联想

对于匿名信打小报告这类事，我认为是个人的自由，也是依法治国允许的，同时，是社会主义民主法制建设进步的体现。但是，我认为在这些行为中，必须讲政治、讲正气、讲原则。在处理这些事件时，也必须讲究方法，以正确引导、正确说教、正确疏导为主，防止矛盾激化，引起不良结果。

一、在思想方法上要注意三条原则

首先，认真负责原则。即对自己说的话，所反映的情况，其基本事实要经得起历史的检验，经得起调查。要忌信口开河，不负责任，不顾后果，搞"八分钱旅游"活动。其次，讲党性原则。凡事都要有个度，有尺度，有准则。党员必须讲党性，切忌犯自由主义，"拿鸡毛当令箭"，甚至捕风捉影，这样会有害于党，有害于同志，有害于自己。再次，讲团结的原则。谈论或议论，本身就是宣传，语言是内心世界的表达形式。为此，切忌以个人的思想认知议长短，以自己的好恶谈是非，以自己的得失打小报告。各级领导，特别是监察部门在处理这类事件过程中，必须坚持这些原则。

二、在处理方法上要注意"三个有利于"

一是有利于大局稳定。社会是各种社会组织、机关单位等构成的。一个单位的稳定是与每个人紧紧地联系在一起的，千万不要因为一个人不负责任而影响整个单位的安定团结，影响社会稳定大局。因此，我们的一言一行都与稳定有关、与大局有关、与社会经济协调发展有关。二是有利于保护积极性。处理这类事与其他事有不一样的地方，因为，它是一针见血、掷地有声的事。弄不好就会好事变坏事，越弄越糟，使其矛盾性质转化，由人民内部矛盾变为敌对矛盾。因此，我们要在坚持原则的同时，不冤枉好人、不伤害好人，保护改革者、批评违纪者、处罚违法者。一句话，从保护积极性入手，自始至终还人清白、让人明白。三是有利于班子建设，内部团结。改革之年，日新月异，凡事有认识方面的问题，有方法方面的问题，不要一概而论，搞一刀切、搞一言堂、搞邪门歪道，要讲团结、讲大局、讲发展。求大同存小异，各自多做自我批评，人要有自知之明。总之，要有利于班子建设，有利于经济发展乃至生产力的发展。

三、在预防措施上要注意"三个加强"

一是加强自身学习，提高自身素质，以适应形势发展的需要、适应工作的需要。随着改革的不断变化，深层次矛盾不断凸现，社会上出现了许多新情况、新问题、新事物，只有加强政治理论的学习，加强业务知识的学习，才能使自己的思想以及思维方式不落后，才能使自己的成长进步不落后乃至提高自己说话、办事、处事的能力，以及应变能力。二是加强对身边人的教育管理。现在各方面的条件好了，办公现代化，交通便捷，办事程序简单化，而且权力比较集中，对自己的妻室子女、身边的工作人员，更要严格管理。要注意"两个适度"。第一，交办事情要适度。如果身边的人办事是政策纪律规定内的事，就放手让他们大胆地去做，使其不要有后顾之忧。让他们没有顾虑并且很放心地去做。如果不是这样的话，倒不如不让别人去做。但是，作为办事人本身不应该辜负上司对自己的信任，尽量把交办的事情办好、办实。第二，办事用权要适度。不能滥用权，更不能打着领导的旗号拿着"尚方宝剑"胡作非为。三是加强学法、懂法、执法力度。现在，立法之多，是依法治国的年代。作为执法者，要学法，懂法，要全懂，要真懂，不能一知半解，更不能一问"三不知"。在执法过程中要坚持有法必依，执法必严，违法必究，在法律面前人人平等，一视同仁。在办案过程中，千万不要做糊涂人，说糊涂话，办糊涂案，不能有半点私心、半点偏心、半点曲解。秉公执法是执法者的天职。

最后，想说句奉劝的话。俗话说："病从口入，祸从口出。"我认为，对一些是是非非的事，说不准的话，少说为佳，不说为好，招惹是非对谁都没有好处。

写于 2001 年 4 月 27 日

门球益寿诀

体育运动有益于广大人民群众身体健康,它的种类和形式多样化。打门球,虽然不是剧烈运动,但也是全身运动,最适合老年人健身。这一运动早在10年之前,就被郴州市民政局的离退休老年人所接受,并都有着亲身体验。局内有人回忆:10多年前,对民政局老年人寿龄统计,仅有一个过了70岁,其余的都是50多岁和60多岁就去世了。自从老年人开展门球运动以来,现在20多位离退休老人中就有3个80多岁了,有4个接近80岁,70多岁的有6个。

在郴州市民政局有条不成文的规定,只要你办了退休手续,就会同时领到一杆门球棒。因此,除个别身体不适的老人之外，几乎全部离退休老人都是门球队员。根据目前民政局老人的身体状况，有人认真地为此推出了一个健身模式：门球—运动—健身—益寿。笔者认为，这是有道理的，生命在于运动。实践证明，保持经常性的锻炼，作为老人经常打打门球，对延长老年人的寿命绝对是有益的。为此，民政局的历届领导都十分重视老同志的身体健康，并把关心老年人老有所为、老有所乐的工作重点落实到建设一支高素质的门球队上。在局领导的重视下，老年人都能自觉地参加训练，每天上午2小时的门球训练一个不漏。长年累月、风雨无阻，他们持之以恒地坚持着。对此，他们有着切身的体会，天天参加门球训练，是心理上和身体上的需要，缺席训练，则是对生命的折磨。83岁的黄老，身体一直不错，很少生病，今年4月份患下肢浮肿，经医生检查必须留院医治，否则发展到高位浮肿，会影响心脏，威胁生命。黄老向诊断医生求情说："医生同志，住院治疗我没有意见，但是今天绝对不行。再说，我眼下腿还能行走，更重要的是我今天还有一场门球赛，如果我不去参赛，我打的3号位就没有人能顶替，会影响比赛的。我向您保证，明天一定来住院治腿病。"医生听了黄老的请求，无奈地摇头说："我行医几十年，还没有见过像您这样一个高龄患者，把门球比赛看得比生命更重要。黄老，我真拿您没办法，只能依您的，明天我等着您前来住院治疗。"

从20世纪80年代初到现在，民政局的领导班子换了无数届，但是，关心门球队伍建设，一茬接一茬地延续下来，从没有间断过。这主要体现在局领导班子对门球的硬件设施建设上的投入，以及先后4次改建门球场。事实证明，与其说民政局的领导关心门球队建设的决心大、力度大，倒不如说，是老年人对门球的爱好和执着，以及对门球健身的坚定信念毫不动摇。前三次门球场的改建一次比一次好，这次的改建，使得原本就不错的门球场，变得更加高档实用，可以说是郴州市内一流的门球场了。所有的老同志异口同声地说："民政局的这届领导又为老年人办了一件延年益寿的大好事，你们才是真正意义上的关爱老人。"

写于2009年

七、民政廉政篇

民政与廉政

今年是 21 世纪的开头年，是落实"十五"规划的头年。在新的一年里，我们要开好头、起好步，民政工作必须要有创新意识，以全新的姿态和精神风貌，做好今年的工作。我认为做好今年的民政工作要有"三个转变"。一是转变工作职能。新时期，民政部门应该是社会事务的管理机构，是法律监督机构，发挥社会服务职能，发挥社会保障职能。二是转变工作作风。要深入基层调查研究，掌握第一手资料，深入第一线帮困解难，创一流业绩，深入实际真抓实干。三是转变工作方法。对一些社会福利企业由直接领导转变为以指导为主，交给社会中介组织去管。一些管不了、管不好的事交给民间组

随笔话 民政

织去管,由单一的行政管理转变为以执法监督为主。民政行业法律那么多,我们不去执法,就是失职,什么事都面面俱到,一件事也办不好,以点带面是最好的落实方法。具体说,在以下五个方面有新的突破和进步。

一是明确做好今年民政工作,更新观念上有新突破。以邓小平的讲话精神为指导,深入学习"三个代表"重要思想,积极配合中心工作,开展民政工作。在做好传统民政工作的同时,努力完成新时期赋予民政人的新任务,把好事办实,实事做好,勤政为民,秉公执法,秉公行政。力求在各方面有新的突破,要进一步明确民政工作多元化,但它又不是包揽一切的"保姆",要进一步明确民政是政府的职能部门,它不是营利性的领导部门,要进一步明确贯彻"三个代表"重要思想关键是要在民政职能上下功夫,为民政对象服务。

二是坚持做好传统民政工作,在创新民政工作中有新突破。民政工作历来是面广线长,这是由民政工作的特点所形成的。根据这一特点,我们必须在做好传统民政工作的基础上,做好改革过程中突显出的新的民政工作。最关键的是要服务好,执好法,依法办事,依法行政,这也是当代民政工作规范化、社会化、法制化的需要。切忌有法不依,执法不严,甚至自觉或不自觉地违法。

三是改进工作作风，深入调查研究，深入基层有新突破。改变工作作风是改革的发展和任务对我们的要求，是群众对我们的期盼，是党的宗旨的体现。我们千万不能小视这件事，我们的一切工作都必须以此为根基。制定政策，必须从群众中来到群众中去；主意，必须对群众有益；结果，必须是群众满意的。转变作风的落脚点，就是要有群众观念、民主意识，一切从实际出发，切忌浮漂，切忌蛮干，切忌虚假、哄骗。现在条件好了，我们要适应工作环境，深入第一线，掌握第一手资料。解决一线困难，创一流业绩，让群众不是怕我们而是亲近我们，让群众不是骂我们而是爱我们，让群众不是恨我们而是想我们，使我们能贴近群众、依靠群众、服务群众，成就改革民政之大业。

四是为民政对象服务，为民造福有新突破。服务于民政对象是我们的天职，我想，在职一任造福一方，最起码也要做一两件有益于人民的事。如果一事无成，那就是有害于事业，有害于人民。

五是清正廉洁，树立公仆形象上有进步。做善事应从我做起，从小事做起，我们不能"因善小而不为，因恶小而为之"。凡事要出于公心，出于党心，要顾全大局。只有这样才能得民心，得民意。世上有种说法：有

随笔话
民 政

权不用，过期作废。我认为，此路不通，不能乱用权，"君子爱财，取之有道"。陈毅说得好："手莫伸，伸手必被捉。"不是自己的莫去想，该拿的拿，不该拿的不拿，拿了不该拿的，该拿的你也拿不上。想要发财，就不要到民政来，民政是清水衙门，民政的钱是高压线，触摸不得，一触摸便会要命。在法制年代，凡事都要想一想合法不合法，合法的事就做，不合法的事坚决不做。我们做任何事要对得起党，对得起人民群众，人生一世是短暂的，"留有青史，留下公名"是一个真正的共产党员的修炼，要最终做到"两袖清风为人民，鞠躬尽瘁献终身"。

写于2001年3月23日

劳模的"专车"

郴州市民政局的人，或者到民政局办事的人，全都知道在办公楼后停车场内有一辆破旧的小型摩托车，这是全国劳动模范——救灾科原科长老黄的"专车"。有不知情的人质疑，现在的劳模还用这种车代步？怕是放着让别人看的，不会是专用的吧？！不知情者无过。其实，黄劳模除了勘灾、救灾办公事外，上下班，接送小孩上学，上街购物办私事，都是用这台"专车"，他一次公车也没有用过，就是顺路也不用公车办私事，这是全局人公认的事实。

去年5月份，一次出差回郴城路过儿子上学的学校，黄劳模看了看手表，正是儿子放学的时间。当时天下大雨，司机建议黄劳模顺便接儿子放学，完全没有问题，可是他回答司机说："不行，等我回家之后，再用我的'专车'来接。"黄劳模接着说："总不能因为这一次而破例。"司机和同车的人都摇头说科长不近人情，不会用权，科长真傻，现在都什么年代了，你仅一次顺路公车办私事，也不会有人检举你或查你公私不分。黄劳模一笑了之，并说道："这不是查不查的问题，如果一个人做任何事情都要让别人来监视和查看，那么，你活在这个世上还有什么意义？这是人生的准则，凡事，可为不可为，自己心中要有杆秤。'由俭入奢易，由奢入俭难'，再说，我习惯摩托车代步，既习惯又节约，何乐而不为呢？"

　　黄劳模常对科室的同志说："现在办公条件好了，小车、电话、空调，应有尽有，但越是条件优越，越要严格要求自己，公私分明，千万不能'因恶小而为之，因善小而不为'。要珍惜这些优越的办公条件；向老一辈人学习，他们过去勘灾都是徒步。翻山越岭，跋山涉水，走村串户，用单车代步算是奢侈了。现在我们条件好了，不要忘本，艰苦奋斗是我党的优良传统，在我们这一代万万不能失传。"在他的影响下，全科室的人都能自觉做到公私分明，不用公车办私事。

写于2009年（郴州市民政网站已发）

做人要低调

与德国人共过事的人都知道,拿不准的事,他会说"我不知道"或"我要先查一下"之类的话,一定要等认真地调查分析后才作定论,决不会受外界干扰而不做调查乱夸海口,其工作态度之严谨可见一斑。

由此笔者不禁想到我们的工作当中,不经调查,不做认真分析胡乱拍脑袋说"知道"或"没问题"这样的人。有的明明知道某项工作能完成,所以敢在领导或群众面前表硬态,但也有的对完成某项工作并没有把握,甚至明明知道做不到、完不成,却也在领导或群众面前拍了胸脯。这些现象产生的原因,一方面是一些下属为了投领导所好,或是想向群众邀功,觉得不在领导或群众面前说豪言壮语就显得自己没有能力；另一方面，少数领导好大喜功，认为那些不敢拍胸脯的下属没有魄力。这种不经调查就乱表态的结果是什么呢？工作完成了还好，倘若本来完不成却硬要去完成，便违心地做出些弄虚作假、欺上瞒下的事情来，甚至违法犯纪，一害群众，二害自己。

我曾了解到一桩建筑合同纠纷案，某厅要建职工住宅楼，一家开发商前来签约，出的价格低于市场价许多。在一般人看来，这个合同不能签，可就是有这样的领导与开发商一拍即合，签下了合同，其结果呢？住房户一次又一次地缴集资款，却不见房屋盖出来，连动工的迹象都没有。打起合同官司来，开发商坦露自己签约时的初衷：就是想以低价揽下这个工程，等到做不动了才向甲方要价。至今4年了，用户缴了60%的房钱，还是不见动工，单位分管领导也调换了，开发商承认此合同有效，但是无能为力，造价太低动不了工。这种事出现在我国转型期，害苦了老百姓。

习近平总书记强调，"空谈误国，实干兴邦"。这种不负责任乱拍胸脯的表态，正是"空谈误国"的范例，误国、误民的恶习到了非改不可的境地。我们提倡"低调做人，高调做事"，完全是建立在有把握和严谨的工作态度之上，绝对不能把党的利益、人民的利益当儿戏。

2014 年写于郴州

八、拾零报道篇

生态文明"三个三"

大自然孕育了人类，换句话说，没有大自然就没有人类，也不可能有人类社会，因此要保护好人类赖以生存的大自然，就必须处理好生态文明的"三个"关系。

生态文明要正确处理好"三个"关系。一是人与自然的关系。诚然，人是大自然高智能的产物，毋庸置疑。人类必须敬畏自然、保护自然，在从事各种活动时必须遵循自然规律。二是自然与发展的关系。发展自然或开发自然的目的是为了发展经济，给人类创造更多的财富。当年昆明围湖造田改造滇池，通过对滇池的索取及破坏取得了一些利益，但这样的结果却使得整个滇池流域生态失衡。现在我们想恢复这颗高原明珠的光彩，付出的代价是我们曾经得到的几十倍。三是奉献与索取的关系。人是大自然派生出来的一种高智能动物，并依赖大自然生存，保护大自然应该是义无反顾、责无旁贷的。

生态文明要增强"三个"意识。一是生存意识。人在世上所从事的一切活动，无不是为人类创造更多的财富，让人们安康幸福。二是环境意识。环境保护工作是关乎民生，是经济与社会协调发展的大事。要营造一个全社会环保的良好氛围，做到谋事以环保为先，用人以环保为德，论功以环保为准。三是要有危机意识。环境保护不是一劳永逸、一蹴而就的事情。因此，在生态文明建设的进程中，我们要从现在做起，从小事做起，从自己身边的人做起，尤其要培养少年儿童的环保意识。

生态文明要做到"三个"始终。环境保护始终要以原生态保护为重点；发展经济始终要以环保为先；治理环境始终要以人为本。现在社会上有些不良行为让人心痛，表现为有的地方存在"先毁容，后整容"的现象，即先破坏自然，乱砍滥伐，破坏植被，然后，发动全民植树，这不是有效地保护大自然，而是破坏大自然。因此，我们要按照自然规律干事，依照法律办事，用科学的态度处事。

原载于《云南日报》2010年1月

感悟白露时节

我生于农历八月,在我漫长的生命旅程中,对白露时节无形中有一种不可名状的青睐感。因此,我也略有考究,不防在此说说我对白露时节的感悟。

《月令七十二候集解》:"八月节……阴气渐重,露凝而白也。"古人以四时配五行,秋属金,金色白,故以白形容秋露。

"露从今夜白,月是故乡明。"白露,像一朵清凉灿烂的花,把夏天和秋天彻底分开。清晨,草木间莹莹烁烁的露珠,或平躺叶面,或悬挂叶尖,或流淌茎干,玲珑剔透。滴在身上,有一种透彻心扉的凉意。在初升阳光的照射下,河畔边白茫茫的芦苇花,忽然间也变得生动起来,花上垂挂着的饱满圆润的玉露,让人想起"宛在水中央"的伊人,天地苍茫辽远,一切是如此静默美好。

白露时节,气候宛如春天,花木依然葳蕤。木芙蓉花儿芳艳清丽,占尽秋日风情;秋海棠花姿明媚雅致,叶色碧绿光润,让人顿生爱意;桂花淡淡的黄、巧巧的小、粒粒的点,星星似的缀于绿叶之间,可谓"独占三秋压群芳"。还有鸡冠花、雁来红、紫茉莉……个个争妍斗奇,热闹了整个秋季。

农谚说:"白露天气晴,谷米白如银。"庄稼随着白露节气褪绿着黄。秋风中,饱满的稻子香满农人的心间,喜得农人们全身心地呵护着它。清晨踏着露水,为它浇灌一层"映脚水",让它们挺直腰杆子,准备迎接农人们秋收的检阅。

白露时节,"八月八,冬瓜南瓜回了家"的农谚昭示着各种农作物相继成熟。白露过后,黄亮亮的玉米棒子,堆满了院子。豆荚鼓囊囊的,颗粒饱满。棉桃咧嘴笑了,吐出雪白的棉絮,女人们裹着花花绿绿的头巾,散落在亮得耀眼的棉田里摘花,嬉笑声传出老远。辣椒熟透了,一串串挂满了墙壁,被阳光染成了一片霞。谁家的老妈妈,坐在门前,端着一簸箕豆角,一一剥开,在古色古香中，透着悠远的诗意。当然不光是丰收，白露也播种，民间就有"白露种葱，寒露种蒜"的说法。

"夜蛩扶砌响，轻蛾绕烛飞。"白露时节，秋夜比白天更加宜人。一弯明月透过窗棂洒下一片清辉，有虫声自院角草丛传来，带点诗词里的平仄音律，不紧不慢地在秋夜里弹唱，高音婉转，低音切切，织出一片宁和。

风清月明的白露时节，一切都是那么单纯明净、清新雅致。在一个阳光很好的午后，品一口白露茶，一种独特甘醇的清香在唇齿间蔓延开来，无比恬淡从容。

原载于《郴州风》2019年第2期

也说"正"

想起一句成语，叫作"失而复得"。我在此却是失而无得（无才），无才者无"正"字可言，但是在"是"与"非"面前，凭良知又很想说说"正"字，殊不知是无知玩有知，其实是真言而告之。

曾记得，每每基层换届选举时，百姓以划"正"字的方法推选主政者，如是代表一种心愿，一种希望，希望当选者堂堂正正做官，为百姓做事，为民谋福祉，看来"正"与"政"两者有如血肉般紧密相连。在《论语》中孔老夫子多次回答弟子们的提问，讲到为政的原则都离不开一个"正"字。诸如："政者，正也。子帅以正，孰敢不正""其身正，不令而行；其身不正，虽令

随笔话
民政

不从""苟正其身矣，于从政乎何有？不能正其身，如正人何。"正身，即眼正、耳正、口正、脚正、手正，唯其如此，才能行得正，坐得端，行为磊落，正大光明。"目不淫于炫耀之色，耳不乱于阿谀之辞"，就敢讲真话，行正道。"正"字当头，"政"才有向心力、感召力、吸引力和凝聚力，从而赢得人民大众的拥护和爱戴。

作为一方主政者，心正、身正的体现就是除私。做到抵得住诱惑、耐得住清贫、守得住寂寞，从而达到心地纯正、品行端正、秉公办事、为人刚介的境界。

今天，反腐败深入人心，为落实中央八项规定精神，民心思"正"，党心崇"正"，一切政事均在必"正"之列。对此，每个为政者当扪心自问：人民选举我为政，应如何报答那个"正"？

原载于《郴州日报》2013 年 10 月

也说"很好"

时下,"很好"一词在一些机关干部口中出现频率颇高。若是真好,适当给予表扬,这未尝不可;但若是不管真好还是假好、是比较好还是一般化,都千篇一律"很好",那"很好"就很不好了。

"很好"的泛滥,原因很多,有的是认为基层同志"两眼一睁,忙到熄灯",辛辛苦苦工作不容易,"很好"一下,以示嘉许;有的是对基层情况不了解,又无心深入下去调查研究,硬要说上几句,便以"很好"相敷衍;有的是怕批评伤面子、伤和气,于是"很好",大家都好;有的则是随大流,见别人在那里"很好"也顺势"很好"。所有这些,归结到一点,就是责任心、事业心

随笔话
民政

不强,思想作风不扎实的表现。

习近平总书记指出:"空谈误国,实干兴邦。""很好"一词的泛滥正是空谈的标本,不仅助长了脱离实际的官僚主义作风,违背了我党实事求是的思想作风,而且还损坏了党政机关的形象。更重要的是,它在一定程度上掩盖了工作中存在的矛盾和问题,影响了检查、讲评工作的质量和力度,使检查、讲评流于形式,不利于工作开展,不利于激励先进、鞭策后进,更不利于单位和部门的全面建设。

原载于《郴州日报》2014年1月

群众利益无小事

"群众利益无小事",这句话朴素直白。时下流传甚广,它反映了一种执政理念。应该成为我们每一个领导干部、每一个机关工作人员的座右铭。国计民生,事关重大。群众现实生活中,衣食住行,油盐酱醋,这些小事是民心所依,民心所系,是群众的实际利益。维护好由这些小事构成的群众利益,往深里说,关系贯彻党的宗旨,也关系全面深化改革。从这个意义上说,群众的小事就是我们党和政府的大事。

以民为天,以人为本。经验证明,从"为民服务,人民拥护不拥护、人民赞成不赞成、人民高兴不高兴、人民答应不答应",到代表最广大人民的根本利益。"群

随笔话
民 政

众利益无小事",这体现了我们共产党人对人民群众的态度。权为民所用,情为民所系,利为民所谋,诚心诚意为民办实事、解难事、做好事,我们的党就能赢得民心,凝聚力量克服种种困难,实现中国梦。民心像涓涓细流,汇集起来可以形成波澜壮阔的汪洋大海,托起中国共产党这艘巨轮,推动中华民族的复兴伟业。水能载舟,亦能覆舟,这个道理我们不能忘记。全心全意为人民服务,正是我们党长期执政的根基。

2014 年 1 月 16 日写于昆明

遗财不如遗德

清朝末年林则徐有副名联：

子孙若如我，留钱做什么？贤而多财，财损其志。

子孙不如我，留钱做什么？愚而多财，益增其过。

清朝一位亲王对此分析更为透彻：财也大，产也大，后来子孙祸也大，借问此理若何？

子孙钱多胆也大，天一样大的事情都不怕，不丧之家不肯罢。遗财不如遗德。

林则徐的对联与亲王的解释，可谓情深意赅，代代相传，源远流长，想必国人们牢记在心，落实在即。

在此，笔者却认为：好读难做。当今之世，为子孙后代敛财谋福利者有之。几年前某地披露一则消息：一位自称"才子"的领导被"双规"调查，调查结果涉嫌金额上千万元。在位期间，他利用手中的权力，不择手段、绞尽脑汁、贪赃枉法为其独生子敛财，到头来丢了乌纱帽是小事，终落得夫妇双双入牢，甚至搭上性命。出现此种情形，究其原因就是这位"才子"对林则徐的对联没有读懂、吃透，教训极其深刻且不容忽视。后人应引以为诫，用亲王解读对联的能量，剖释现实生活中的教训。

实践证明：读书必精，精读细嚼，注入心田，学用一致，无疑会取得你想要得到的效果。但凡事都存在需要与可能，你想得到的，未必能得到。一事当前，三思而后行，才是真道理。不顾后果莽撞，把先贤的忠告放在脑后，我行我素，事实却总是残酷无情地摆在你面前，你不得不承认错了、全错了。适得其反，后悔莫及。

2014 年 5 月 18 日写于永兴

学会纳福

福,是人类社会的象征,是人世间的祈祷。然而,古今中外,有祈福、有赏福、有赐福。在现实生活中,让我体会到的还有纳福。因为福不是谁人固有的,它是公众的产物,对每个活着的人都是均衡的,人人都可以享有,无论老年人、年轻人、长辈、晚辈、官员、百姓、穷人、富人等。各人面前都拥有福,其实福是无形的,要想无形变有形,关键在于各人会不会纳福,会纳福者才有福。古人云:"生在福中要知福。"生在福中不知福,就等于不会纳福,与福擦肩而过。

退休闲暇时,看到儿女们成天忙于上班,心里好是羡慕,羡慕他们年轻有班上,上班多幸福啊!有福者,乐在其中。原来自己上班时,体会没有现在这么深刻,无形中错过了许多好时光。雷锋说得好:"人的生命是有限的,可是,为人民服务是无限的。"虽然,人老这是自然规律,老人也可以做一些有益的事情,但毕竟是力不从心。所以,奉劝年轻人要珍惜上班,珍惜人民赐给的这份福。人民对党和政府有那么高的期待,每一个有班上的公职人员都要把这种期待化作一种压力,"不用扬鞭自奋蹄",毫不懈怠地增强自己的办事能力,而不是简单地服从或"当一天和尚撞一天钟"。只有这样,才能多纳福,多为人民谋福祉。

原载于广东省爱国拥军促进会杂志

幸福的启示

"你幸福吗？"时下，众人都在问及幸福，谈及幸福。幸福是有形的还是无形的，它既没有一个科学界定，也没有一个公众统一认可的标准。那么，幸福到底是什么呢？我想通过眼见为实的事例，从一个侧面说说对幸福的看法。

在我国南方地区有过小年的传统习俗，腊月二十四为小年，也像过大年一样放鞭炮、吃年饭。过小年那天晚饭时分，我在小区里偶尔遇见一个拾荒儿童，他大约10岁，蓬头跣足，衣衫褴褛，邋遢的脸上只见那双炯炯有神的眼睛在转动着。他站在垃圾箱旁边，左手拿着半个馒头，右手拿着半瓶营养快线，举得高高地左右摇晃，

随笔话
民政

朝着天空中五彩缤纷的烟花,笑容满面地大声喊叫着:"过年了!过年了!"毋庸置疑,这喊声是他内心喜悦的倾吐,是心中快感的抒发,是感觉幸福的回声。他手中半个馒头和半瓶营养快线来源于垃圾箱,他的快乐感也就来源于解决的"年饭",这就是让他感觉快乐的源泉。

当然,他的满足与那些衣食无忧的同龄人相比,质量和品味差距显然太大。但是,此时此刻他自己觉得是幸福的,是快乐的,这难道还需要别人鉴别吗?

由此看来,幸福不完全是那些衣食无忧的人的专利,人人都拥有快乐和幸福的权利。再说,自古以来人世间贫穷与富贵都是相对的。唐代诗人韩退之说过一句治家格言:"贫莫愁兮富莫夸,哪见贫长富久家。"所以,我认为幸福是自我创造、自我感觉,或者是一种取向。各人站的角度不同,取向也就各异。一句话——幸福只需自己品味,你觉得幸福就幸福。

一直以为幸福在远方,在可以追逐的未来。后来才发现,那些拥抱过的人、握过的手、唱过的歌、流过的泪、爱过的人,所谓的曾经,就是幸福。在无数的夜里,说过的话、打过的电话、看过的电影……看见的或看不见的感动,我们都曾经历过,然后在时间的穿梭中,一切成为了永恒!我总是认为钱多不一定幸福,官大不一定快乐。简简单单乐在其中，平平淡淡何尝不是福。命里一尺，难求一丈，中国的老俗话颇有道理，没有必要做无谓的抗争，老天爷早为你安排好了一切，该啥样就啥样了。身外之物，撑不着饿不死就行。无非是他吃好的，我吃咸菜，一样管饱；无非是他穿好的，我穿差的，照样暖和。那东西跟我根本扯不上，他做他的达官贵人，我做我的平民百姓，像小品里说的那样，最终的归宿不都是那个小匣子吗？没有什么高低贵贱之分，只要合法，能干什么就干什么，口袋没钱不丢人，死要面子活受罪的事千万别干。

　　就幸福而言，我还认为可分为两大视角。视角一，满足生活中你所得到的一切；视角二，生命的快乐，精神的快乐。我看重后一点，我觉得内在丰富就是快乐的源泉。就这个意义上来说，幸福它又是一种能力的表现。一个人内在的东西比较丰富的话，在你身上就会自然产生快乐的源泉。人们在日常生活中体会到：往往环境、机会你不一定完全把握得住、支配得了，我们只有零距离将可以支配的那些东西作为摄取幸福的目标，外界的、遥远的、看不到的东西就让它顺其自然吧！还不如像拾荒儿童那样尽情享受眼前的快乐，因为，这样的享受是淳朴的、清廉的，而无半点贪婪。"吃菜根淡中有味，守

八、拾零报道篇

王法梦里无惊。"对幸福千万不能强求，强求不是福，还会引来祸。

也许你做不了官，但一定要会做人；也许你缺钱，但一定不要缺精神。不同的心境，看不同的景致，就会体验全然不同的人生。同样的境遇，有的人仿佛置身天堂，有的人感觉如处地狱。人生犹如一丛玫瑰，没有绝对的美丑、鲜花与芒刺，就看我们关注的是什么？想的是什么？心态平和，随遇而安，知足常乐就是最大的幸福。

原载于广东省爱国拥军促进会杂志

曹能三住新房

12月1日对于永兴县湘阴渡镇荷叶村伍家坪组的曹能三一家三口来说,是永世难忘的好日子,因为这一天,他们一家告别了上百年的旧危房,搬进了由政府资助新建的住房。郴州市民政局局领导老陈带领市慈善总会、市福彩中心以及相关部门专程前去祝贺。

近50岁的曹能三身高不足1.5米,是天生的畸形儿。父母亲早年去世,还给他丢下一个未成年的弟弟曹能四。曹能四天生痴呆,生活不能自理,而且不会说话,兄弟俩只能相依为命。正在曹能三觉得生活得艰辛痛苦时,经人介绍,他与邻村一个聋哑女子结了婚。一年之后,妻子为他生下了一个天真活泼的小男孩,起名叫曹广广。小广广的出生,给这个无声的家庭带来了生活的希望(在这之前,只有曹能三会说话,平时,他不需要话语与爱人和弟弟交流,全都是用无声的手语),同时也带来了生机和活力。

可是天公不作美,这个家庭的灾难接踵而至。在小广广才3岁时,曹能三的爱人不慎掉进深水塘淹死了。小广广6岁那年偶遇一场大火,全身大面积被烧伤,后经抢救治疗,保住了性命,但是落了个终身残疾,现在16岁了,却什么活也不能干。一家三口全靠曹能三一人走村串户收破烂为生。可想而知,住新房对于这个家庭来说,那是想都不敢想的事,但是有政府的好政策,这个"奢望"变成了现实。

12月3日是国际残疾人日,在这个特殊的日子里,曹能三告诉记者,他发自内心地感谢党和政府对他们一家这样的残疾人的关心。曹能三虽然是一个目不识丁的残疾人,但他知道,没有党和政府的好政策,自己不可能住上这么好的新房。

原载于《郴州新报》2010年12月

大专题时事述评文集

五保供养探试

随着农村经济体制改革和经营方式的改变，桂东县从实际出发，大胆地尝试"农村五保承包责任制"（以下简称"办法"），收到比较好的效果。我们认为这个"办法"适合农村现行的经济体制和经营方式，实践证明也是可行的。我们计划近期内在全地区全面推广桂东县的做法。他们的基本做法是：将五保户及其责任田、山、土、房产，全部确定由一家人承包，五保老人在世时，衣食住行都由承包者负担，去世后的房产归承包者，安葬费除村里、组里按规定给的之外，也由承包者保底。这样做有五点好处：一是比较合理合法地解决了五保户的供养矛盾，使五保户的物资、生活供应有了可靠的来源,平时生活服务也有了专人负责。特别是多病且生活不能自理的五保老人,更是受益匪浅。二是把五保供养纳入法制轨道。其承包合同含《继承法》《合同法》等6个法律法规的有关内容。三是实现五保供养责、权、利的有机统一。在社会主义初级阶段,对于人们的思想觉悟既不要估计过高,也不要估计过低,对于他们所付出的劳动和所得的利益一概不考虑,天长日久,是难以持续的。因为,他们也要靠劳动养家糊口。但是,对五保供养给予昂贵的代价也是不现实的,只能尽社会义务,适当地给予劳务补偿,这就是"办法"的成功之举。四是有力地促进社会主义物质文明和精神文明的建设,促进邻里乡亲和睦相处,弘扬尊老爱幼的道德风尚。五是有利于计划生育工作的开展,有效地解决了老有所养、老有所依、老有所靠的问题,从根本上解决了人民群众的后顾之忧。总的来说,要解决农村五保户供与养的问题,目前,最好的办法是办敬老院。但是敬老院只能集中供养少部分人,而大部分人不能进敬老院。不过在近阶段这种"办法"与现行的体制是相适应的,与改革开放是合拍的,它起到了调节人际关系、缓解社会矛盾和稳定社会机制的作用。

实践证明,这个"办法"还需要进一步完善。一是建立健全以乡统筹的"五保基金会",接纳基金的面可以广一些,社会各界有爱心的人士都可以向基金会捐款。这笔资金是专户管理,专款专用,以弥补五保老人生病住院和安葬中的不足部分,或者作为困难补助。二是实施动态管理,一旦承包户遇有不测,无力承包,应及时改聘承包者,以保证承包不断层。其实,承包合同签订后,民政部门在管理方面,还有大量的后续工作需要做,切忌撒手不管,放任自流。

【注】1989年10月湖南省民政厅在桂东县召开现场会,这是笔者在大会上的发言稿。

随笔话民政

"八一"情怀

——献给汽车连战友 2015 年 "八一" 建军节聚会

点滴细雨落春城，亲亲话语叙旧情。
难忘友谊汽车连，战友情深慎促成。
老骥伏枥在边关，笑问壮士为哪般。
为国卫民吾担当，留有足迹终无憾。

【注】2015 年 "八一" 建军节，汽车连部分老战友聚会昆明，我因事未参加，以诗会友，表示祝贺，同时表达自己心中的喜悦之情。

战友情深

每逢佳节倍思亲,每到"八一"想战友。虽然离开部队多年,并且我原来所在部队的建制不存在了,但是军营生活的往事历历在目,战友情谊永世难忘。

亲爱的战友,无论你现在身处何方,无论你当年任何职务,只因我们穿过军装,扛过枪,流过鲜血,流过汗,便被一份情紧紧地维系着,这份情就是战友情。

战友是世界上最亲切的称呼之一,它包含着最真挚的情感,代表了最纯洁的友谊,珍藏着最美好的记忆。战友思念,魂牵梦绕;战友相逢,兴高采烈;战友干杯,千杯不醉;战友叙谈,万言不赘;战友离别,依依不舍。战友笑,最具亲和力;战友泪,最具感染力;战友情,

随笔话
民政

最具生命力。

如今，我们虽然已经离休、退休，军装在身成了历史，但有一点却始终不会变，军旅人终生不悔，战友情永记心间。战友情好似一条红线，连接着五湖四海，连接着不断的情缘。

老战友们，为了曾经的那身戎装，近处相邀多见面，远处音信常通联。让我们在交流中感受老战友的厚谊，在联系中续写老战友的情意，让我们在心中永久地珍藏这份战友情。

老友赠《莫生气》

我的老战友,何修彪作为知己,在我需要精神安慰的时候,及时给我送来精神食粮。虽然,这不是他的原作,却也让我不胜感激,现抄录供大家分享:

莫生气

人生就是一场戏,因为有缘才相聚。
相扶到老不容易,为了小事发脾气。
回头想想又何必,别人生气我不气。
气出病来无人替,我要气死谁如意。
况且伤神又费力,邻居亲朋不要比。

儿孙琐事由他去，吃苦享乐在一起。
神仙羡慕好伴侣。

1995年春节战友何修彪赠

热恋民政（后记）

在我军百万裁军的头年，我从部队转业到地方做民政工作。刚接触这项工作，我就对它情有独钟，并且很乐意做这份工作。因为，民政工作绝大部分是做农村工作，扶贫济困、救灾救难、五保供养等，与农民兄弟打交道的时间多，最适合我这个农家子弟的味口。在工作中我就很自觉地深入贫困地区了解民情，深入基层调查

随笔话
民政

研究，真诚地为民政对象服务，做好事、解难事，把党的温暖送到千家万户，我也由此而入门，对工作的理解逐步从感性认识上升到理性认识。近20年的工作实践，让我深深体会到：民政工作是一项十分具体、相当繁杂且最直接的群众性工作。特别是在改革的年代里，出现了许多新情况，突现了一些新的工作特点。如：安仁县农村互助储金会清理整顿。这项来源于救灾款改革凸显的新型工作，"有灾救灾，无灾扶贫"。当时，筹办一个"储金会"，上级补给铺底资金，大家集资分红，重点扶持贫困户发展产业。本来已经产生了扶贫效益，这时上级下文：为了规范农村金融秩序，加强对救灾款的管理使用，终止这项活跃在农村的扶贫活动，将放在互助储金会的资金全部收回。这项工作压力最大的是安仁县民政局，他们的会员最多，储户最多，储金最多。在市民政局的具体指导和县里的统一指挥下，加之安仁县民政局自身的努力，让这项看似复杂而又难办的工作，有序地得以清理整顿，资金全部收回。取得了储户满意、上级满意的好效果。又如：建立城市最低生活保障制度。过去，民政部门只管农村救灾救济，改革开放城市贫困救济随之而来，也归民政部门管。对城市贫困救济这项新型工作，我们必须摸清底子，才能按照"恩格尔系数"国际标准计算法，确定对象和救济标准。有一次，我们正在入户调查时，市领导找我谈话，我一头雾水地跑到领导办公室，一看城市经济调查队领导也在场，我就知道会有麻烦。市领导开门见山地批评："城市调查这一块有'城调队'，你何必亲自调查呢？""城调队"领导插话说："我们就是专门做这个事、吃这碗饭的，这样一来你们夺了我们的饭碗，我们只好吃空气了。"听了这些话，我心里很窝火，只好压住心中的火，心平气和地向领导解释："城市救济民政部门是初试，为了尽快进入角色，我们必须通过调查摸底，掌握第一手资料，才能依据自己调查的准确数据做好城市救济工作。我们的调查是综合性调查、入户调查，而不是抽样调查。'城调队'提供的数据，只能在测算时作参考。否则，我们建立的救济制度，就会是'心中无底，空中楼阁'的制度，不负责任、害死人的制度。'城调队'说我们夺了你们的饭碗，与其这样，

热恋民政（后记）

181

我情愿拨给你们城调费,让你们有饭吃,调查还是我自己做。"市领导听了我合情合理的解释,当场表态,市民政局拨相应的城调款给"城调队",调查的事还是由民政部门自己做。

实践证明:只要我们深入实际,认真钻研业务,体恤民情,出实招。用心去做每一件事,民政工作也与其他工作一样,均有其规律,而规律也是可以摸索掌握的。如是按规律办事,我们就会"杂"而不乱地开展工作,并在工作中把握主动权,得心应手地、有序地做好民政工作。

退休之后有空闲时间将民政工作近20年的笔记拿出来翻翻,发现其中虽然记的是陈年往事,说的也是事实,心想如果整理成册,留给后人看,尤其是同行看,未必不是件好事。至少,可以作为历史的见证。基于这个想法,这本小集子问世了。诚然我的文化水平有限,不善于写作,小集子里的错误在所难免。再说,笔记整理只是反应个人工作经历,即那一时期的工作记录。然而,尊重历史是《随笔话民政》不容改变的。故留有历史渊源的痕迹,且难以抹掉。在此,特别感谢各位老领导、老同事、老战友、老朋友的鼎力相助。但愿小集子公开出版后,能起到抛砖引玉的作用,让我如愿以偿。这就是我出版《随笔话民政》的原因。

曹南文

2021 年 9 月 25 日